GENTOSHA OUTLAW BUNKO

地味な未亡人

館　淳一

幻冬舎アウトロー文庫

地味な未亡人

目次

第一章　麗美なる誘惑者

本店八階の融資部監査課で司美穂子《つかさみほこ》が端末ディスプレイに向かっていると、背後で風が吹き抜けた。官能的な香りを含む一陣の風。

「あらまぁ、ママさん。八時だというのにまだ居残り？　補助の身で残業なんかしたら損も損、大損よ」

歯切れのいい澄んだ透明感のある言葉。美穂子は笑って振り向いた。主査の古矢樹里《ふるやじゆり》が出先から帰ってきたところだ。

カチッとした男仕立ての紺のスーツ、フリルもボウタイもないシンプルな白いシルクブラウス姿の彼女は、出勤した時と同じ溌剌《はつらつ》とした生気を放って立っている。

「お疲れさま。お帰りなさい」

自分を「ママさん」呼ばわりする六歳年下のキャリアウーマンに、苦笑いしながら美穂子は答えた。女子一般職と同じ事務服なので外見ではわからないが、美穂子のほうは行内では、補助行員、ふつうは補助と呼ばれるパートタイマーだ。かつてこの銀行で働いていた主婦、未亡人などを再雇用しているので、口の悪い現役OLたちは陰で、出戻りなどと言っているが。

「日銀に提出する融資残高の詳細を月曜までに出せって言われて。ディスクロージャーを常務会で検討するから、急いで欲しいって部長に言われたの」

今日も樹里はすぐに自分の席へと向かわず、美穂子の背後でたたずみ、リラックスした様子で話しかけてくる。

「こんなに遅くじゃ、愛しの息子はどうしてるの？　空きっ腹を抱えてママさんの帰りを待ってるんじゃないの？」

「大丈夫ですよ。あの子は今、修学旅行ですから」

「あー、そうなの」

樹里はうなずいた。ちょっとオフィスの向こうにいる上司、融資部長のほうを見て、それから考えるような顔になって質問してきた。

「それで、いつ終わるの？　あなたの仕事は」

いつもの「ママさん」が消えた。

「ああ、これでプリントアウトをとったら終わりです」

樹里の顔が輝いた。

「私も部長に報告したら終わり。そういうことなら、ね、一緒に食事しない？　おごるからさ。実は今夜、ようやく面倒なのを一件落着させて、ちょっとお祝いしたい気分なの」

美穂子は一瞬、返答を躊躇《ためら》った。今日は金曜日で明日は休み。ひとり息子は火曜日まで帰らない。誘いにのってもいいのだが、美穂子の目的は食事だけだろうか。

「それはおめでとう。でも、呑ませて口説こうというのなら遠慮するわ」

「あれま。最初っからその言い方はないでしょう」

樹里は苦笑した。いつもは凜とした顔つきが、一瞬、無邪気な子供っぽいものに変化する。

美穂子はこの才媛が何を考えているのか、いつも図りかねている。

「わかった。約束はしないけど、努力するわ。この魅力的なママさんをめくるめく官能の世界に誘惑しないで、寂しい暗い家に一人で帰すように……」

ポンと肩を叩いてから部長の席へと歩いていった。この時間、他に残っているのは部長だけ。彼はずっと樹里の帰りを待っているのだ。

プリントアウトがはじまると後は機械にまかせて、美穂子は更衣室へ行った。事務職の上っぱりを脱いで通勤用の服に着替える。素早く鏡に向かい化粧を直した。

今日はまあまあ人前に出られるニットのスーツを着てきたことを感謝した。いつもはもっと地味な、おばさんっぽい雰囲気のものを着てくる。若い女子行員たちの目を気にしてしまうからだ。三十も半ばの美穂子のような補助行員がハデな格好をしてこようものなら、「出戻りのくせして男を漁《あさ》ろうとしてる」と言われかねないので、どうしても控え目になってしまうのだ。

席に戻り、プリントアウトされた書類を束ねながら、まだ部長と話しこんでいる樹里を眺める。

（あのひと、いつ見てもタフだしイキイキしてる……）

常に底知れぬエネルギーを秘めているような年下のキャリアウーマンが、時にオーバーな身振りをまじえて熱心に話すのを、工藤《くどう》という融資部長はあまり口をはさまずにうなずいている。表情に厳しさがない。ということは樹里の報告に満足しているということだ。

返済が困難になったり不能になった貸付金——不良債権の回収を担当するのが工藤の率いる融資部監査課だ。

バブル経済の崩壊以後、どこの金融機関も累積する不良債権の処理に苦闘を強いられている。市中銀行では中位にいる十国銀行も例外ではない。首都圏のなかでも特に金額が大きく、支店で処理できないものが本店監査課の担当となる。

これに立ち向かう行員は四十人ほど。ひと筋縄ではゆかない悪質な債権者を相手に戦い抜いてきたベテランぞろいのなかで、ひとり古矢樹里だけが異色だった。

一般職や補助行員を除いて、最前線へ出ている女性行員は樹里だけ。他の行員はみな四十代あるいは五十代というのに、彼女だけは二十九歳という若さ。しかも主査という肩書を与えられ、三人の部下を率いて頑張っている。その成績は回収班の他の行員を抜いて抜群だという。

「女を武器にしている」という、どこの企業でも聞かれるやっかみの言葉は、樹里には通用しない。

彼女は名門私大の法学部を卒業、総合職として入行してきた。入行時の事件は、ひとつの伝説となって語り継がれている。

二次面接の時、重役の一人が、お決まりの質問を投げかけた。

「結婚したり、あるいは結婚して子供ができたら、仕事のほうはどうします？」

樹里は居並ぶ重役連に微笑を浮かべたまま答えた。

「そのご心配は無用です。私、男性に興味はありませんので、結婚はしません。子供も産みません」

度胆を抜かれた男たちのなかから、ようやく次の問いが投げられた。

「ということは、あなたはレズビアンなんですか。だとすると、一緒に仕事をする女性たちは、いつあなたから誘惑されるか、それを気にしなきゃなりませんな」

「あら」

樹里は目をくるくるまわしてみせた。

「女性に誘惑されるより、男性であればいけすかない上司にでも誘惑されたほうがマシだとお考えなんですか？　それに、この銀行にはゲイの行員は一人もいらっしゃらないと断言できるのでしょうか？」

痛烈な皮肉だった。面接にあたっていた幹部は顔を見合わせ、しばし言葉を失ったという。当時、十国銀行の一支店で支店長がセクハラ事件を起こしマスコミを賑わせていた。それに重役の一人はゲイだという、根強い噂があった。

面接担当者を絶句させるような学生は、ふつうハネられるものである。ところが樹里は堂々と採用された。行内では「よほどのコネがあったのだろう」と囁《ささや》かれている。

入行後、試しにとばかり言い寄る男性はみなこっぴどくはねつけられた。今、樹里が正真正銘のレズビアンであることを疑う者はいない。とはいうものの女性の同僚の誰かが彼女に言い寄られたという話も聞いたことがない。

古矢樹里は、自分の性生活のパートナーは職場の外で見つけているのだろうと推測されている。必ずしもそうではないことを知っているのは、司美穂子一人だ。

一年前、調査部からこの融資部へと異動してきた樹里は、数日後、職員食堂で一人食事をしている美穂子の前の席へスッと座った。特に面識があったわけではなく、事務的な問題で言葉を交わしただけの関係だったから、そのなれなれしい振る舞いに美穂子は驚かされた。

樹里の口から出た言葉は、さらに美穂子を驚かせた。

「司さん、私ね、めったにこういうことは言わないんだけど、あなたを見て好きになっちゃったの。私のパートナーになってくれない。つまりセックスの……」

その時は呆然《ぼうぜん》自失してしまった。しばらく声が出せなかった。

「わ、私と……どうして？」

向こうは前途洋々、男社会のなかで颯爽《さっそう》と出世してゆく有能なキャリアウーマン。年齢もまだ二十九になったばかり。それに引きかえ自分はアルバイトと同じ補助行員。夫を失って一年の、三十代半ばの寡婦。家に帰れば中学二年生の男の子もいるのだ。実際、自分でもめっきり「おばさん」っぽくなったと自覚してきたところだ。

「どうしてもこうしても、ないの。好き嫌いに理屈はないって言うでしょう？　ピンときてしまったの。いいわ、混乱してらっしゃる。でも、考えておいてくださいね。私、あなたと寝たいんです。寝て、後悔はしないと思いますよ。絶対に負担はかけませんし。それでは……」

言うだけ言うとスッと席を立って去っていってしまった。

以来、二人きりになった機会を狙っては「考えてくれました？　寝てくれる気になりました？」と問い詰めてくる。

「ダメです。私、レズビアンじゃありません。その気はありません」

美穂子はそう断りつづけてきた。驚いたことに樹里は、まったく諦《あきら》めようとしないのだ。一年たってもまだ執拗《しつよう》に口説きつづけ、それとないプレゼント攻勢をかけてくる。ただし強引に体に手をかけるような、他の同僚の目につくようなことは絶対にしない。

やがて二人の間に奇妙な、友情みたいなものが生じてきた。樹里は美穂子のことを親しみをこめて「ママさん」と呼ぶようになった。「寝てください」が「寝ようよ」になった。

時々、「その洋服はダメ。あなたの魅力を殺しちゃう」など、アドバイスも囁いてくれる。

「今日はきれいねぇ」とか、褒めてくれる時もある。

不思議なもので、職場に樹里がいるということで、美穂子は服装や化粧に気をつかうようになってきた。事務のパートタイマーというと、生きがいとは無縁の無味乾燥な仕事ばかりだが、樹里がいることで灰色の世界に彩りが与えられたような気がする。

（だけど、私があの人と寝る？　キスしたり抱き合ったり？……信じられない。やっぱり私はレズビアンじゃないもの）

ぼんやりと眺めているうち、樹里が報告を終えて自分の席に戻った。上司に気づかれないよう、軽くウィンクしてみせる。美穂子はドギマギして顔が思わず赤らんだ。

「失礼します。リストができました」

美穂子は部長の席へプリントアウトの束を持っていった。

「ああ、残業させて悪かったね。ご苦労さま。気をつけて帰ってください」

工藤部長は男性行員にはけっこう厳しい口をきくが、補助行員の美穂子には、いつも物柔らかで丁寧な口調で応じる。

美穂子はかつてこの銀行で二年働き、職場の男性と結婚した。二年前に夫を亡くした時「元の職場で働きませんか」とすすめてくれたのはこの工藤だ。数年間、夫の上司だったこともあり、その時は正月には夫婦で部長の家を訪問するのが恒例になっていた。だからといって、工藤の厚意が元部下の妻だった女に対する同情からだけとは美穂子も思っていない。

渋い二枚目、インテリやくざをよくやる俳優と似た容貌の彼の、まだ充分に瑞々《みずみず》しく、母としての豊饒《ほうじょう》さを秘めた肉体に注がれる目が、時に牡の牝を見るそれのように鋭く輝くような気がしないでもないからだ。彼とて五十を少しすぎたばかり。男ざかりの年齢なのである。

ただ工藤は強引にことを推し進めるというタイプではない。不良債権回収という困難な仕事は、そういう粘着質的なタイプに向いている。指揮をとるのは常務だが、その常務から工藤が一目も二目も置かれているのは、その性格ゆえだろう。彼女を職場に迎えてから二年、まだ手も触れてこないというのは、美穂子に対する興味がまったくないのかという気がしないでもないが、樹里は違うと言うのだ。

数分後、職場を後にした二人の女はタクシーを拾った。食事の店は樹里の行きつけの店へということになった。

「六本木。ロアビルのところ」

そう指示してから樹里は、年上で一児の母である美穂子にクスクス笑って言った。

「まずかったなあ。私が美穂子をさらっていったから、工藤部長は落胆しているわよ。向こうもたぶん、今夜はあなたを誘うつもりでいたと思うのよ」

「そんな……何も素振りを見せなかったわよ」

「それが甘いというの。彼はね、ギリギリのところで声をかけるのが得意なの。それまではジッと待つのよ。食いつくのに最良のタイミングは今夜、あなたが仕事を終えた時だった。それまで待っていたのに。あーあ、私も少し減点かな」

「嘘だってば。工藤部長に限って……あの人、死んだ夫の上司だったのよ」

「関係ない。というか、だからよけいあなたを抱きたくなるのよ。男ってそういうもの。まったく無関係な行きずりの女よりも、かつての部下の未亡人なんかが一番昂奮《こうふん》させる対象なんだから……」

　そう言われれば工藤は、今夜、息子が家にいないことを確かめてから残業を頼んだ。

「気をつけて帰ってください」という言葉には、裏の意味があったのだろうか。ちょっと狼《ろう》狽《ばい》した美穂子は、

「おっしゃいますね。男は嫌いなレズビアンが」

　反撃にカラカラと樹里は嗤《わら》う。

「レズという身で男社会を生き抜くには、敵の習性に熟知してないとね。私の言うことを信じなさい。工藤部長は絶対にあなたを誘惑する。私はそれの先を行こうと頑張ってるのよ」

「どうして私をそうからかうの？」

「からかってないわよ。本気だから。あなたに対する私の気持ちは」

「だったら、本店には若くてきれいな、ピチピチした子がいっぱいいるじゃないの。レズのお相手ならそっちを狙いなさいな」

「わかってないのねぇ」

　運転手の耳を気にしながら小声で応え、樹里は軽く美穂子を睨んだ。その悪戯《いたずら》っぽい視線がなぜかゾクゾクするほど官能的だ。彼女の手が美穂子の手首を軽く握る。

「私はね、しっかり妻やって母やってるような、体も心も一人前の女が好きなの」

　タクシーが目的地に着いた。美穂子が連れていかれたのはロアビル裏手にある、飲食店専門のビルだった。エレベーターで九階――最上階にあがった。

　エレベーターホールの真向かいに堂々とした観音開きのドア。その横に『ラ・コスト』と目立たなく記されている。ふつうのレストランを予想していた美穂子は驚いた。

「ここ、なんのお店？　クラブみたいだけど」

「そう。会員制のクラブ。だけどお食事もできるの。心配ないって、女性のお客も多いところだから。ここのパスタは案外いけるのよ」

　樹里は慣れたふうでインターホンのボタンを押した。すぐに内側からドアがサッと開かれた。白いタキシード姿の青年が顔を出した。

「あっ、古矢さま」

「さっき電話いれたけど、いいお席、とれた？」

「大丈夫です。どうぞ……」

　入ってすぐのところにクロークがあり、バニースーツを着たかわいい顔の娘が樹里の手にしていたアタッシェケースを受け取る。

　狭い通路をウエイターの後についてゆくと黒い繻子《しゅす》のカーテンが行く手を塞いでいた。ウエイターがサッとカーテンの合わせ目をかき分けて二人を通す。

「まぁ」

会員制クラブ『ラ・コスト』の店内に初めて足を踏み入れた美穂子は、一瞬、驚きの声を洩《も》らした。それはクラブという雰囲気ともまた違ったものだったから。

ワンフロアを占領した広い店だ。天井が高く、客席がCの形に真んなかの空間を囲む感じに配置されていた。客席は中央にゆくに従って低くなる階段状に配置されている。

重厚な調度と内装材、適宜に配置された観葉植物などのせいで、広い店内は空虚な感じがしない。いや、スポット照明が重点の、濃密な闇が全体に支配している空間にはむせるような官能的雰囲気が立ちこめていて、何か息苦しいぐらいだ。

足もとは真紅のふかふかした絨毯。各テーブルは黒い御影石。座席は黒革張りのソファシート。ウエイターはうやうやしく、ほぼ中央のテーブル席へ二人を案内した。丸い御影石のずっしりしたテーブルを半円形のソファシートが囲むようになっている。四人座れるだけのゆったりしたシートに二人の女は肩を並べるようにして座った。

真正面の空間をもうひとつの客席列ごしに眺めおろせる。もしそこでフロアショーなどやるとしたら、最高の席ではある。今は白いグランドピアノが置かれていて、イブニングドレスを着た女性ピアニストがものうげにジャズのスタンダードナンバーを弾いていた。見渡すと二十ほどある客席の三分の二ぐらいが占められている。やはり金曜の夜だ。カップルが案外多い。男性客に若者はほとんどいない。みな四十代、五十代で、いい身なりをしている。

「この店……すごく豪華ね。高いのでしょう？」

樹里は無造作に顔を横に振った。女子体操選手を思わせる短い髪がサワと揺れる。

「心配ご無用。ここはね、うちの銀行が法人会員になっているからサインだけでいいの」

「法人会員？　サイン？　じゃ、接待になるの？」

美穂子は目を丸くした。法人会員というのは社用接待のためである。美穂子は樹里の顧客でもなんでもないのだ。

「いいのよ、そんなに気にしないで。今日はドーンと大口の物件を片づけたから、部長もこのお店を使うのを許可してくれたの」

美穂子は驚いた。

「部長が？　知ってるの？」

「知ってるわよ。私があなたを食事に誘うって了解をとっておいたから。あなたが着替えに行ってる時」

「ということは……」

「そう。工藤部長、今ごろヤキモキしてるわよ。狙ってた未亡人熟女がレズビアンの私に食べられてるんじゃないか、って」

愉快そうにクスクス笑う樹里を、美穂子は呆れたように眺めた。

「ということは、このお店には工藤部長も来るの？」

「来るわよ。常務もね。それなりの格式のある会社の役員や幹部を接待するお店。安心して。今夜は誰も知った顔は来ないから……」

「でも、この店の伝票、私、処理したことないと思う」

行員から届けられる経費の伝票をまとめて処理するのも美穂子の仕事である。彼らが使う飲食店の名前はほとんど頭に入っていると思ったが……。

「当たり前よ。ここの請求書は常務に送られて経理部長が機密費から処理するの。融資部は公にできない支出が多いでしょう。あなたの目に触れない伝票は多いわよ」

ボーッとしている美穂子をよそに、樹里はメニューを持ってきたバニーガールに手早く注文した。

「地中海サラダとシーフードのスパゲッティ二つ。お魚はね……おお、黒鯛《くろだい》の岩塩焼きかぁ。これ一匹まるごとね。あとスプマンテの赤」

ルビー色の発泡酒が最初に運ばれてきた。フルートグラスに泡だつ液体を満たして樹里は持ちあげた。

「二人の前途を祝して」

「口説かないって約束が守られんことを」

美穂子は笑いながら応じた。二つのグラスがカチリと鳴った。

冷たく爽やかな味わいのほんのり甘い発泡酒は、信じられないほど美味に思えた。

運ばれてきた料理も、すべて美味だった。かなりの腕前のシェフを雇っているようだ。

「でも、これだけのお店にこれだけの料理、二人でいくらになるの？」

途中でさすがに気になり、もう一度問いただしてみた美穂子だ。樹里はアッサリと答えた。

「ひとり五万円。二人で十万円ね」

「えーっ、そんなに⁉」

美穂子は仰天して食べる手が止まってしまった。樹里が笑う。

「驚かないで。私の懐が痛むわけじゃないんだから。このお店はね、ショーが売り物なの。

その料金が含まれているのよ」

やっぱり目の前の広いフロアはショーのためだったのだ。

「ショー……？　どんな？」

「それは見てのお楽しみ。十時半からはじまるの」

「遅くなるわ、そんな時間だと」

美穂子が住んでいるのは都心から一時間半の夢見山だ。どうしても終電の時間が気になる。

樹里は落ちついたものだ。

「大丈夫。ハイヤーをまわさせるから」

「それも社用？」

「もちろん。私を甘くみないで。主査は伝票をかなり自由に切れるのよ」

「………」

樹里の言葉に誇張はない。実際、彼女の切る接待やハイヤー、タクシーの伝票は他の行員より金額が大きいと、かねがね美穂子も思っていた。工藤ら管理職がそのことで注意したという話もきかない。

樹里が女子総合職のなかでも昇進が抜きんでて早く、赤坂支店にたった二年いただけで早くも本店に呼び戻されるなど異例の異動がつづくせいで、行内では「古矢樹里は秘密兵器だ」という噂が強まっている。秘密兵器というのは、経営首脳——頭取、副頭取クラスの意を受けて、改革、刷新、時には粛清のために送りこまれる直属の部下だ。秘密兵器と呼ばれる人材は銀行自体より重用してくれる上司に忠誠を誓う。秘密兵器は一種のスパイといっていい。

その噂を美穂子はあまり信じていなかったが、今、『ラ・コスト』の店内でゆったり寛《くつろ》いでいる樹里を見ていると、案外、本当ではないかという気がしてきた。一介の女子行員が、常務クラスの使う高級店に社用で友人を連れてゆけるものではない。

(どういう人なのかしら、この人は?)

美穂子の当惑をよそに、食事の間、樹里は今日片づけた大口の物件について話しはじめた。

——銀行が抱える不良債権というのは、大部分が不動産である。

貸付の際、金融機関はその金額に応じた担保物件を抵当に入れさせる。

バブルの時は不動産価格がはねあがっていたため、ちょっとした土地、建物を担保に入れればたちまち数億という金を借りることができた。

抵当物件には一番抵当からはじまり順位がつく。債務者が返済不能に陥った場合、抵当順位が一番のものだけに回収の権利が与えられる。もし担保物件が一番抵当の債権額を上まわって処分されれば、余ったぶんが二番以降の債権者に渡される。

ところが最近の担保物件は、ほとんどが抵当割れを起こしている。貸し付けた時点では三億円の価値があった不動産が、今では二億、いや一億でも売れないというのはザラだ。十国銀行が一番抵当権を二億に設定して融資した担保物件の場合、もしそれを処分して貸付金を回収したければ、二番、三番……とつづく下位の債権者からそれぞれの抵当権を解除してもらわねばならない。しかしそれらの債権者が、無償での抵当権解除に応じるわけがない。そこで一番抵当権を持つ十国銀行は、そういった下位債権者たちにある程度の払い戻し金——

代位弁済金というものを払って抵当権解除に応じてもらう。でないと競売にかけるしかない。それは最低でも二年以上の時間がかかり、しかも現下の情勢では落札される見こみはきわめて少ない。

氷づけにしておくよりも、たとえ余分な金を払ってでも担保物件はすみやかに売却して負担を軽くしておきたいというのが十国銀行の方針だ。

しかし、下位債権者のなかには悪質な者がいる。一番抵当権者から一銭でも多く弁済金を得るために、半分いやがらせのように担保物件を占拠してしまうことがある。

こうなると事態は紛糾の度合いを増す。第三者占有中という物件は、不動産市場では相当な瑕疵《かし》物件だ。競売にかけても、まず落札にならない。

樹里の班が取り組んでいるのは、不良債権のなかでも特に悪質な第三者占有物件の処理だった。

「そいつはね、赤坂にあるソフトウエア会社が持ってた自社ビルなんだけど、社長の知り合いの不動産屋というのが一億貸して三番抵当をとってるのよ。いい時は土地と建物で十億の値がついたから、倒産しても六千万円ぐらいは回収できると踏んでいたのね。なんのなんの、今じゃ三億二千万円よ。うちの一番抵当は五億。あーあ、その頃の融資部は何を考えていたのやら……」

「じゃあ、担保をまるまる回収しても一億八千万円の赤字じゃない」

「そういうこと。しかも、この物件は二番から五番まで、計一億八千万円の抵当権が設定されているの。この連中にいくらか払わないといけないのよ。二番、四番、五番の債権者はそれぞれ三百万円で抵当解除に応じるって言ってきたけど」

「しかし、何千万円と貸して、戻ってくるのが三百万円というのもつらいわねぇ」

「仕方ないでしょう。ほっておいても一銭にもならない物件なんだから。それなのに、三番抵当の不動産屋はオーケイしないのよ。それで暗礁に乗りあげてたわけ」

しかも、その不動産屋は、自分の弟を倒産したビルの最上階に強引に住まわせた。第三者保有にして十国銀行からもっと弁済金を得ようという魂胆である。ふつうならそんなことをすれば不法占拠になるのだが、多額の債権がからんでくると民事になるので、警察は介入したがらない。

「そいつら、五千万円もらえるなら退去して抵当を抜く、って言ってきたのよ」

「それに応じると物件の代価は二億七千万円。それからさらに残りの債権者にゆく分の九百万を引くと二億六千万そこそこ。うちは半分しか回収できないことになるわ」

「もっと悪いのよ。三番抵当に五千万払ったら、残りの債権者が『おれたちにももっとよこせ』と言ってくるもの。五番まで五千万ずつ払ってたら代位弁済金だけで二億。結局、一億二千万円しか残らない勘定になるでしょ」

「あっ、そうか」

考えるだに頭が痛くなる難問だ。樹里はそういったケースに日夜取り組んでいるのだ。

「で、どうやって解決したの？」

「理性的な話し合いじゃダメだから、こうなったら敵の弱みをつくしかないのよ。それで周辺を調査させたら、こいつら予想どおりのワルで、詐欺の前歴がそうとうあるの。しかも、今ビルに住みこんでいる弟ってのが、以前、関西で不動産の詐欺やって、警察はもとより暴力団に追われてる身だってことがわかったの」

「ということは……暴力団をだましたの？」

「被害者が北九州にあるヤクザの組長の妹とかで、その人から一億とか二億、だまし取ったんだって。まぁ、だましたほうも組長の妹とは知らなかったと思うんだけど。妹から泣きつかれた組長はメンツをつぶされたってカンカンになって怒って、見つけしだい連れてこいって指令出してるみたい。もしそいつらに捕まったら、その弟、とんでもないことになるわね。半殺しですめばいいほうよ。兄弟ともども、持ってるもの全部取られて指が何本か消えてしまうのは確実ね」

「えーっ、こわい……」

美穂子が身震いしたのを愉快そうに眺めた樹里。

「それがわかったから、しめたってんで今夜、乗りこんでみたの。案の定、組長の話を持ちだしたら二人とも震えあがったわ。あとは簡単。向こうには内緒にしてやるから、即刻占拠してる物件から退去しなさいって言ってやったの」

「弁済金のほうは？」

「そんなもの一銭も出すもんですか」

「えーっ、あげないの？」

「だって、庇《かば》って命を助けてやるんだもの。こっちがお礼をもらいたいぐらいよ」

樹里はまるで平気な顔だ。

「それで、向こうは？」

「ははっ、風みたいに消えてしまったわよ。彼らが引き払ったあとにまた別の債権者が乗りこまないよう、ガードマンをつけておいたわ。明日にも物件を売却して一件落着。部長は予想より早く、しかも安く解決したのでご機嫌よ。だから、今夜私が、このお店で少しぐらい接待費使ったって大丈夫なの」

「…………」

美穂子は改めて年下のキャリアウーマンの容姿を眺めた。

（なんて大胆不敵なの）

男を男と思っていないところが樹里にはある。

（それにしても、どこまで日本人ばなれしたひとかしら）

美穂子は感嘆せずにいられない。

レズビアンと公言している女性の多くは、男っぽいという雰囲気を強く漂わせているものだ。樹里にもそういう部分は少なからずある。

骨格がしっかりとした、大柄な体つき、髪は裾を短めに刈りあげたパリショート。

容貌は、人によっては美人と表現するのを躊躇う者がいるかもしれない。まず目が印象的だ。二重だがやや切れ長。その奥の黒い瞳から発せられる鋭い眼光は猛禽《もうきん》のようだ。

口が大きく顎《あご》ががっしりしている。頬はエラが張っているというと大袈裟だが、全体は角ばっている。鼻はツンと高く、尖っている。化粧はごく控え目だ。化粧を知らない男性など、うっかり素顔かと思いかねないほど、さりげない。

爪は短く切り揃え、薄いピンク色のマニキュアしかしていない。指輪、イヤリング、ネックレス、ブレスレット、ブローチの類はいっさい身に着けず、体に着けているのは機能第一といったシンプルな腕時計だけ。衣服もマニッシュな感覚のものが多く、女らしさを誇示するようなフレアーのもの、フリルのついたもの、極端なミニスカートなどは着たことがない。

動く時は大股に、パンプスの踵《かかと》で地を蹴るようにサッサッと歩く。声は大きく澄んで、単刀直入に話を切りだす。最初に「私と寝て」と美穂子を口説いたように、手練手管というのを使わない。それでいて最終的にはたいてい相手を屈伏させてしまう。

そういう女性だから、レズビアンと公言すれば誰でも納得する。なのに、男っぽい外見とはうらはらに、意外なほど、女が匂うのだ。それはコンバットスーツを着て銃を持つ女性兵士から強烈な性的魅力が発散されるのと共通した現象だ。

少しアルコールがまわったせいか、頬を薔薇《ばら》色に染めた樹里は、ふだんは一番上までキチンと留めているブラウスのボタンを三つはずしていた。

そうすると白い肌の胸の谷間が露わになる。服の上から推測しても、形の良い乳房だろうと美穂子は確信していた。今着けているのは四分の三カップ、あるいはハーフカップのブラに違いない。それだけはだけていてもブラが見えてこないからだ。ふくよかでなめらかそうな肌がこんもりと盛りあがっている。胸もとからは官能的な香水とともに成熟した女の香りが振り撒かれて、その芳香はどういうものか同性の美穂子まで酔わせてしまいそうだ。

（私が逃げているのは、この女らしさのせいかも……）

美穂子はそんなふうに思った。もし樹里が、もっとガラガラとした男っぽい雰囲気をもち、もう少し醜い女性なら、あるいは、男の代替として身を任せることができたかもしれない。

樹里はあまりにも魅力的で眩《まぶ》しい。その彼女と肌を接することで自分の容姿の醜さをハッキリ自覚させられるのが怖いということはある。

（だけど、どうして私を口説くのかしら？）

それがわからないのだ。行内、特に同じフロアの融資部に限っても、数十人の女性が働いている。魅力的な娘はいくらでもいるし、そんな子を口説き落とすぐらい、樹里なら容易だと思うのだが。

男のなかには年増好み、熟女ファン、そして未亡人という記号に敏感に反応する性癖の者がいることぐらいは理解できる。樹里は男ならそういった範疇《はんちゅう》に属するレズビアンなのだろうか。美穂子には図りかねることだ。

第二章　変態秘密クラブ

　食事を終えたあとの、ブランディを垂らしてもらった濃厚なコーヒーを啜《すす》りながら、美穂子がもの思いに耽《ふけ》っていると、いつの間にかピアノ演奏は終わり、ふいに全店の照明が落ちた。明かりといえばテーブルの上のキャンドルの炎だけ。周囲はすっぽりと闇に包まれた。

「あら⁉」

　美穂子が驚いた声を洩らすと、スッと伸びた樹里の手が、年上の女の手の甲を軽くなだめるように叩いた。

「ショーがはじまるの」

　周囲を見まわすと、いつの間にかすべて埋まっている客席はざわめきが静まり、誰もが期待を抱いていることを示す沈黙が闇を支配している。

　ショーフロアでピアノを移動しているらしい音、何か金属がガチャガチャと擦れ合う音が聞こえてきた。

ふいに美穂子の脳裏をかけ巡ったものがあった。

「樹里さん」

「何？」

「このお店の名前だけど……『ラ・コスト』ってなんだか聞いたことがあるわ」

「あるでしょうね。有名な名前だもの」

「だけど、思いだせないの」

「今に、思いだせるわよ。ショーを見ているうちに」

樹里は暗示めいた言葉を口にした。

高い天井から落ちるスポットライトが、ショーフロアの中央に立つ人物を浮かびあがらせた。

黒いタキシードを着た、がっしりした体格の男。髪は少し縮れ、頬から顎にかけても髭を生やしている。鬢《びん》に白いものが見えるから四十少しといったところか。どこか南欧的な苦み走ったハンサムな容貌。

「みなさん、今夜も『ラ・コスト』にようこそ。お寛ぎいただいていますでしょうか。当店のゼネラルマネージャー、竜野《たつの》槇夫《まきお》でございます」

ハンドマイクの声が朗々と店内に響きわたる。

「ゼネラルマネージャーって言ってるけど、彼、実質的にオーナーなのよ」

樹里が囁いた。

「みんなからはマーキーと呼ばれているの」

(槇夫でマーキー？　芸のないニックネームね)

美穂子はそう思ったが、口には出さなかった。どうやら樹里は個人的にも竜野という人物とは親しいようだ。

貴族的なものさえ感じさせる堂々とした恰幅《かっぷく》の男は、自若とした態度で客席を見まわしながらショーのはじまりを告げた。

「今夜は金曜の夜です。『ラ・コスト』恒例のスペシャルショーでお楽しみください。当店だけでしかお楽しみいただけない、よりすぐりのショーです。今夜は、マリと百合《ゆり》のハードレズコンビで『誘拐された美女』シリーズをご覧になってください」

言い終えて頭をさげると同時にスポットライトが消え暗黒が戻った。

「誘拐された美女……ハードレズ……」

美穂子は思わず樹里の顔を窺った。テーブルの上のほのかなキャンドルライトに照らされた美女の顔がニッと微笑《ほほえ》んだ。

「ふふふ。私好みだと思っているんでしょう？　なかなか迫力があるショーよ」

「いやだ。そんなショーだとは思ってなかったわ」

どうやら性的な演技が濃厚なショーのようだ。美穂子はせいぜい、ヌードダンサーが踊るぐらいかと思っていたのだが。

「まぁ、未亡人のあなたには刺激が強いかもしれないけど、日本じゃこんなショー、めったに見られないから」

十秒もしないうちに、今度は二つのスポットライトが左右からショーフロアの上の二人の人物を浮かびあがらせた。

（えーっ⁉）

美穂子は思わず両手で口を覆った。

二人のうち、前に立つ女性が、あまりにも樹里そっくりだったからだ。

二人ともほぼ全身を覆うようなサテンのケープを纏《まと》っていた。前に立つ背の高い女が黒。後ろが赤。

もし隣に樹里がいなければ、しばらくの間は前のほうの女を樹里だと思いこんだに違いない。

日本人離れして目鼻だちのクッキリとした、特に口から顎にかけての線が力強いところなど、美穂子から見て双子と思うほどだ。周囲を睥睨《へいげい》する女王のような悠揚《ゆうよう》たる態度も、また似ている。

背も高く大柄で抜群のプロポーション。肌の色は陶磁器を思わせるように白く、艶やかに輝いている。

髪だけが明らかに違う。緩やかなウエーブのかかった漆黒の髪は背まで届く長さで、それを後ろで束ねて、秀でた額を見せている。

よく観察すると、年齢は樹里よりずっと若い。二十代半ばという感じだろうか。

「樹里さんに似たひとね……」

美穂子が呟くと、

「そうね。あの子がマリ」

樹里が答えた。彼女は特に驚いていない。この店によく来るのなら、今フロアに立っているマリを見るのは初めてではなさそうだ。

マリの後ろに立って、赤いケープを纏う百合は、マリよりずっと小柄な娘だ。年齢はさらに若い。二十歳前後、ひょっとしたら十七、八という気がしないでもない。丸い顔だちで頬がふっくらしている。目が大きく瞳が潤んでいるようだ。マリの背後で少し俯きかげん、少し怯えたような表情である。

光束の外からバニーガールが現われ、一揖《いちゆう》してのち昂然と顔をあげたマリの背後に立ってケープの襟《えり》もとの留め金をはずした。

外側が黒、内側が真紅というケープがバニーガールの手でハラリと脱がされると、思わず息を呑むような見事な肢体が現われた。

美穂子を驚かせたのはマリが身に着けているエロチックな衣装だった。

ノースリーブ、喉首まで隠すハイカラーの黒いボディスーツ。エナメル様の独特の光沢からして、素材はどうやらPVC——ポリ塩化ヴィニールらしい。ボディスーツの股間にはファスナーがついていて、局部を露出できるようになっていた。もちろん今はウエストのところまで引きあげられて、下腹部はキッチリと人工の布に包みこまれている。

乳房の部分は二つの大きな穴が開いていて、見事な乳房がほとんど完全な半球となって突きだしている。静脈を透かせている白い丘の先端に明るい薔薇色の大きめの乳暈《にゅううん》。ピンク色に近い乳首が突出する。

露出している乳房、丸い肩から二の腕、太腿の肌は陶磁器を見るようになめらかに艶やかに輝いている。両腕には肘までを包む黒い、やはりPVC素材の長手袋。指だけが露出したタイプだ。

ボディスーツの高く切れこんでいるレッグホールからはサスペンダーが垂れていて、それが黒いフィッシュネットのストッキングをピンと吊りあげている。網に包まれた脚線はバレリーナのように逞しさを秘めながらなおスラリと伸びていた。履いているのは高い踵の、編みあげ式ハーフブーツ。色はやはり黒。

マリは美穂子や他の客たちが自分の肉体の前面を充分に眺めることができる間だけ、傲岸とも思える冷ややかな微笑を浮かべ、立ちはだかっていたが、やがてクルリと振り向いて背後を観客たちに見せつけた。

ベアバックなので、首まわりのカラー部以外は背中のほとんどの部分が露出している。ほとんどウエストに近い位置で紐で締めあげるようになっている。

下部はTバック式に黒革が臀裂《でんれつ》に食いこんでいた。そのお蔭で剝きだしになった二つの肉球はクリンと丸く、剝き卵を二つ並べたようだ。

(あんなデザインじゃ、股のところで強く食いこんじゃう……)

ボーッとして見ている美穂子が何か股間に疼きを感じてしまうような衣装だ。

マリが後ろを向いたのは、客に臀部を見せつけるためばかりではない。背後にそっと控えている百合のケープを脱がせるためだ。

ハラリ。

マリの手がまるで闘牛士のように一閃して、真紅のケープが宙に翻った。

「!…………」

美穂子はまた息を呑んだ。

おそらく二十歳前後と思われる百合は、ケープの下にはセクシィなランジェリーを纏っただけの半裸。そして両手は後ろにまわされている。革の手錠のようなもので手首をくり合わされているのだ。さらに細首には犬のそれを思わせるような頑丈な尾錠と鋲《びょう》を打った革の首輪。

（恥ずかしいッ）

まるで自分が同じ格好で観衆の前にさらされたような錯覚。美穂子は両手で口を覆うようにして体を固くした。全身がこらえきれずにブルブル震えてしまう。膝などもガクガクいって、この瞬間、立てと言われても立てないだろう。

あまりにも惨めな姿だった。

マリのほうは、その美貌、容姿、全身から漂わせる雰囲気、どれをとってもショーダンサー、あるいは職業的なストリッパーにふさわしい風格の持ち主だ。彼女ならたとえ全裸で現われても、美穂子は動転しないだろう。つまり、見られるため、いや、見せつけるために存在していると言ってもいい堂々とした肉体だから。

百合は違った。顔だけみれば女子高生かと見まがう、あどけない、あるいは可憐と言っていいような顔だちだ。それがハッキリと羞恥に打ちのめされて俯いている。キッと嚙み締めた唇からは血の気が失せているものの、頬は桜色に染まっている。

いや、さほど覆うもののない全身が紅潮しているのだ。

百合の肉体は、顔と同様にふくよかと言っていい。身長は百六十センチの美穂子と同じかもう少し低い程度。

髪は額まで前髪をおろしたロングボブ。

豊かな胸、きゅっとくびれた胴からズーンと張りだしたヒップ。逞しいと言っていい太腿から臀部への肉づき。豊満ではあるがたるみはなく、やや小麦色がかった健康な肌は若い娘の漲《みなぎ》るエネルギーを包みこんでいる。

その豊かな肉体を包んでいるのは白い総レースのスリーインワンと、ペアになったスキャンティだった。

スリーインワンというのは、ブラジャー、コルセット、ガーターベルトが一体になったもの。ただし、彼女が着けているものは乳房の下部をワイヤーで支えるだけのバストオープンタイプ。丸い、マシュマロを思わせる豊かな隆起は覆われるものなく前方へと突きだされている。乳首はやや陥没気味。乳暈は大きい。どちらも初々しいピンク色だ。

胴部は背後を紐で締めるようになっていて、サスペンダーはやはり白いナイロンストッキングを吊っている。秘部を覆っているスキャンティも同じ素材のレース。だから秘部の黒い逆三角形はそっくり透けて見える。履いているのは白いエナメルのハイヒール。

すべてが黒ずくめのマリに対して、百合は白ずくめの衣装なのだ。

ただ、乳房は丸だし、肌のほとんどの部分が透けて見えるエロチックな、ほとんど実用を無視したランジェリーに包まれた百合は、マリと違って、見られることに激しい羞恥を覚えている。腿はぴったりとつけ、秘部を見せないよう努力している結果、体がやや前屈している。

(可哀相……)

どういう理由でこういうショーに出演するはめになったのか。あるいは本当に、いきなり誘拐されてきたのではないか。そんな気さえする、頼りない惨めな存在である。

「顔をおあげ」

マリの声がビンと店内に反響した。その声が鞭《むち》のように、俯いていた顔をあげ、今にも泣きだしそうな、潤んだ瞳を眼前のマリに向ける。

許してください。私をひどい目に遇《あ》わせないで……。目がそう哀願しているようだ。

冷笑を浮かべて年下の娘を見おろす姿勢のマリが、手で軽く合図をした。

ブーン。

モーターの唸る音がして、二人の頭上から何かがおりてきた。

サーカスの空中ブランコを思わせる、いや、そっくりのものが天井から降下してきた。この店の高い天井に、そういった装置が取りつけられていたのだ。それは百合の顔の少し上のところまでさがって停止した。

マリが百合の背後にまわり、革の手錠をはずした。

それで両手の自由が回復したわけではない。すぐに百合の両手は、体の前の空中ブランコの横棒へ、あらかじめ取りつけられていた革の手枷《てかせ》でくくりつけられた。

「…………」

百合の表情がさらに惨めなものになる。五十人近い観客の面前で、乳房を剝きだしにした下着姿でほとんど宙吊りに近い状態で全身を晒しものにされるのだ。

バンザイをする形に若い娘の両手を鉄のバーにくくりつけたマリが、また手で合図した。フロアの背後、黒いカーテンで覆われて楽屋に通じる部分に操作盤のようなものがあるらしい。またブーンというモーター音がして、空中ブランコはゆっくり上昇した。

「あーっ!」

百合が悲鳴をあげた。よろよろと体が前に出たかと思うと、ハイヒールの先端が赤い、ツルツルした合成樹脂の床面から浮いてしまったからだ。革の手枷でくくりつけられたバーに必死になって摑まる。懸垂した体操選手のように、体は垂直に立ち吊りにされた。両手を高く挙げた姿勢をとらされて、百合の小柄な体がピンと垂直になった。丁寧に剃毛された腋窩《えきか》が完全に晒けだされた。

あがりすぎたバーが少しさがり、ようやくハイヒールの爪先の部分が床に着いた。それでも体重の大部分は手首にかかっている。苦痛は大きいに違いない。百合の愛らしい顔だちが歪む。

（ひどい……可哀相……）

美穂子はなぜか、観客の前で晒しものにされる娘に感情移入してしまった。まるで自分が乳房を丸だしにした下着姿で、吊られているような気持ちで、全身がカーッと熱い。

マリが観客のほうを向いた。彼女は百合の左側にすっくと立ち、ＰＶＣのグラブを嵌《は》めた右手は百合の左の臀部、Ｔバックのスキャンティがまったく包みおおせていない豊満な肉丘を撫でるようにして触っている。

「この、百合という娘が、なぜ、ここに、このように惨めな姿を晒しているのか、ご説明します」

ややかすれ気味の、セクシーで低い、それでもよくとおる声でマリが客席へと語りかけた。この声の質もまた、外見はよく似た樹里とは違う点だ。

「この子は、一見、無邪気で純情そうに見えます。昼はＯＬをしているのですが、勤め先の同僚も上司も、皆、そう思っています。ところが実際は違うのです。内心、淫らな責めを受けることを期待している淫乱きわまりないマゾ娘なのです。夜な夜な、さまざまな人にさまざまな場所でいたぶられ、なぶりものにされ、体のあらゆる部分をおもちゃにされ、そして性器どころか口や肛門を犯されることを想像して、オナニーしまくっているのです。そんな姿を想像できますか？　できないでしょう。でも、本当のことなのです。私は偶然に彼女のそんな姿を見、日記に記された異常な欲望の数々を知りました」

百合の顔が、全身がさらに紅潮したのが誰の目にも明らかだった。

「彼女は、私に対して自分の欲望を否定しています。マゾヒストであるという事実を素直に認められないのです。自分を欺瞞《ぎまん》しているのです。ですから私は、彼女を誘拐して、ここに連れてきました。皆さまの目の前で、彼女に自分の正体を思い知らせてやろうと考えたからです。皆さまには今晩、私の協力者、いや、共犯者になっていただきます。私とともにここにいる娘を嬲り責めにして、誇りを打ち砕き汚辱のどん底に落としていただきたいのです。その結果、彼女は自分の正体に目覚め、素直にマゾヒストであることを受け入れ、性愛の奴隷としての運命を甘受することでしょう。それでは、さっそくはじめましょう」

マリは右手を伸ばし、百合の剝きだしの乳房に触れた。体全体がブルブル震えているのが、数メートル離れた美穂子たちの席からもよく見えた。

マリが冷たい微笑を浮かべて宣言した。

「さあ、百合。あなたは今晩、私たちの目の前でマゾヒストとして生まれ変わるのよ。そのためには、まず自分のことを素直に白状しなければダメ。さあ、白状しなさい。自分は生まれつきのマゾヒストで、人にいじめられると昂奮する体質なのだと。人に自分の恥ずかしい姿を見られてもね。今、昂奮しているでしょう?」

百合が必死になって首を横に振る。

「いえ、違います。私は、そんな……そんな女じゃありませんっ!」

悲痛な声で否定してみせた。とても演技とは思えない。

「おや、そうなの。へぇー。じゃ、当たり前のお嬢さんだというの?」

「はい……」

「そう。じゃあ、確かめてみなきゃね」

マリの赤いマニキュアをした指が、百合の豊丘の頂点でチリチリ震えている、やや赤みを帯びたピンク色の乳首をつまんだ。思いきりひねりつぶす。

「あーっ、ああー!」

バンザイをした格好で立ち吊りにされている若い娘の豊満な裸身がビクンと跳ね、ギューンと反りかえった。

(あーっ、なんてことをするの。ひどい……)

乳首をそうやってつままれ、ひねりつぶされた時の苦痛は、同性である美穂子にはよくわかる。まるで自分の乳首を責められたように、美穂子の体も震えあがった。顔を両手で覆うが、しかし目は指の隙間からしっかりと二人の女を見つめている。目を離すことはできない。

「素直に白状しないと、痛い目に遇うのよ。それとも、痛い目に遇いたいから白状しないのかな？」

「ち、違います。痛いのはいやです。やめてください。お願いします」

「本当のことを言ったら、やめてあげるわよ」

マリは無慈悲にもう一度、年下の哀れな娘の乳首をひねりつぶした。

「ぎゃーー！」

もっと甲高い絶叫が店内に響きわたった。ギュギューンと反りかえりうち震える白いランジェリー姿の肢体。ハイヒールの爪先が床にあたってカタカタと鳴る。彼女の両手を吊っている空中ブランコの縄がギシギシと軋む。

「おーっ、あおおお、うー、ああっ、やめてー！」

悲鳴をあげ、呻き悶《もだ》え、泣きじゃくりながら許しを請う百合。

「嘘をつきなさい。本当はこうされるのが好きなんでしょう？　マゾだから、淫乱だから、こうやって皆の前でいためつけられる姿を見てもらいたい。そう思って毎晩オナニーしてるんじゃないの？」

マリは正面にいる美穂子らに背を向け、丸い臀部をスポットライトに輝かせながら百合と向かい合った。

「こういうこともされてみたいと、夢に見てたんじゃないの？　えっ？」

左右それぞれの掌で豊満なふくらみをガッと鷲掴みにして、マシュマロのように柔らかそうで、空気のいっぱい入ったゴムまりのように弾力に富んでいそうな乳房を揉みつぶした。

「ひーっ。うわあああーあーッ」

おちょぼ気味の口をいっぱいに開けて悲痛な絶叫をほとばしらせて苦悶する若い娘。

（あーっ、あんなことをされたら、私なら気絶してしまうわ）

思わず自分の乳房を押さえてしまった美穂子。ふと隣の席の樹里を見ると、彼女の目は闇のなかで豹《ひょう》のようにランランと輝いて、唇の端には笑みまで浮かんでいる。チラッと美穂子を見て、白い歯を見せた。

「どう？　面白いでしょう？」

「そんな……可哀相で見てられないわ」

「バカね。あの百合って子も楽しんでいるのよ」

「そんなふうには見えないわ」

「ふふふ。すぐわかるわよ」

樹里が右手を伸ばして美穂子の肩のところに触れた。軽く撫でるようにして、安心しなさいというように叩いた。その瞬間、なぜか美穂子の体は感電したかのようなショックを覚えてビクンと震えた。キュンと甘い疼きが子宮まで走って、美穂子自身を驚かせた。

ひとしきり豊かな双丘を揉みつぶして、苦悶する百合から悲鳴と哀訴を吐きださせていたマリは、また片手で、黒いカーテンの向こう側にいる助手へと合図した。

ブーン。

モーターが唸り、キリキリという軋む音がして、吊りさげられた空中ブランコのような鉄のバーがゆっくりとねじれ回転をはじめた。

「あー……」

フロアの上でたたらを踏むようにして、百合の体はねじれを振りほどくように後ろ向きになった。見事に丸い双臀が観客の視界いっぱいに広がる。その谷間にキッチリ食いこんだ白いTバックのスキャンティ。男ならずとも唾を呑みこんでしまう眺めだ。

「おっぱいの次は、こっちを痛めつけてあげる。だけど、これだけボリュームがあると、ひねりつぶすというわけにはゆかないわねぇ」

指先を出した黒いPVCのグラブを嵌めた手が、慈しむかのように吹き出ものの少ないなめらかな尻のまるみを撫でまわす。百合の表情は見えないが、観客の目の前でそうやって剝きだしの臀部を触られて羞恥の炎を燃えあがらせているのは、ガクガクいう膝、くねるヒップなどの体の表情から一目瞭然だ。

「ふん、いやらしい子」

突然、マリが罵声を浴びせたかと思ったとたん、彼女の手が宙に振りあげられて、勢いよく掌が左の尻朶《しりたぶ》に叩きおろされた。

パシーン！

鋭い打擲《ちょうちゃく》音が観客の鼓膜を打った。

「あーっ！」

百合は叫び、全身を跳ねあげた。ぶるんと乳房が、ヒップが躍る。

「こいつめ」

マリの掌が今度は右の尻朶を襲う。

パチーン！

瑞々しい肌の弾ける、実に小気味いい音がして、

「ひーっ！」

百合の双臀がまた躍る。張りつめたヒップの表面にサッと掌形なりに赤みが広がる。

「はは、苦しめ」

マリの美貌がサディスティックな欲望に輝く。冷たい笑みを浮かべたまま、哀れな受刑者の臀部に強烈な平手打ちが何発も炸裂した。みるみるうちに双臀は真っ赤に染まった。

「ううっ、あーっ、はあっ。やめてー、痛いっ」

「やめて欲しかったら白状しなさい。淫らなマゾヒストだってことを……」

「ち、違います……ッ」

長い黒髪が左右に翻った。

「おや、そうかい」

二十発も打ち叩きのめしてから、マリがスパンキングの手を止めた。軽く合図すると、ブーン。キリキリ。

空中ブランコがまた回転して、吊りさげられた若い娘を再び観客へと向けた。

（まぁ……）

がっくりとうなだれた百合の頬を涙が伝っている。よほど激しい苦痛だったに違いない。

美穂子は思わず駆けよって抱き締め、その涙を拭ってやりたい衝動に駆られた。

マリは全然、そのような同情心は持ち合わせていないようだ。俯いた百合の黒髪を鷲掴みにしてグイと顔を持ちあげさせ、観客によく見えるようにする。

「まだ、自分がマゾじゃないと言い張るの？　痛めつけられて感じる女でしょう？」

詰問されて、百合が喘《あえ》ぎながら答えた。

「違いますうっ。私はマゾじゃありません……」

「本当に、もう……もっと痛い目に遇いたいから、そんなことを言うのね。じゃあ、希望をかなえてあげよう」

また手をあげて合図した。空中ブランコは再びマリの赤く腫れあがった臀部を見せつけるために百八十度回転する。

次に、マリが片手を下へと振った。

ブーン。キリキリ。

今度は空中ブランコはゆっくりと下降しはじめた。浮いていた百合のハイヒールの踵が床に着いた。ようやく体重を足の裏全体で支えることができてホッとしたのも束の間、さらに下降してくる鉄のバーによって、百合の体は前屈みになっていった。

鉄のバーは相当に重いようだ。ほとんど床すれすれで停止した時、百合の体は客席の美穂子たちのほうへ臀部を突きだす形で、上体を床へ折り曲げる姿勢を強いられていた。

白いスキャンティの股布の部分が臀裂に食いこみ、秘唇と秘丘を包んでいるというか、包みきれずにいるという状態をハッキリと展示している。

「あ」

思わず美穂子は驚きの声を洩らした。

そういう猥褻《わいせつ》な姿勢をとったせいで、さっきまで見えなかったスキャンティの股布の、恥裂に食いこんでいる部分にシミが広がっているのが見えたからだ。

股布というのは二重になっている。愛液が溢出《いっしゅつ》してきても内側の布に吸収されてしまうので外側の布に現われるということは少ない。外側までシミが広がるというのは、溢出の量が大量だということを意味している。

(あんなに濡れているということは、やっぱり……)

マリの言うように、百合という可憐な顔をした娘がマゾヒスティックな欲望に苛《さいな》まれているマゾヒストだということを、美穂子はあまり信じていなかった。たぶん金のために、こういう場所でマリの相手をつとめさせられているのだと。

だが、スキャンティのクロッチにくっきりと広がるシミは、マリの言葉が正しいということの証明ではないか。

(こんな子が、どうして?)

カーテンの陰から姿を現わしたバニーガールが、マリに二つの物を手渡した。

黒い革の握りがついた、先端が何本にも分かれている房鞭だ。それと白い、穴のたくさん開いたプラスチックの、ゴルフボールぐらいの球。真んなかを軸棒が貫いていて、その両端に革のベルトがついている。ボールギャグという嵌口具《かんこうぐ》――猿ぐつわの一種。

まずむこう向きに体を折って床に手をつくような姿勢をとらされている百合の顔の前にまわり、PVCのボディスーツを着た、今はもう明らかにサディスティックな性癖を持つとわかった美女は、百合の黒髪を鷲摑みにしてグイと持ちあげた。

「今度は少しばかり痛いよ。どうせギャーギャー泣きわめいてうるさいだろうから、声を出せないようにしてやる」

無理やりに口をこじ開けて、プラスチックのボールギャグを押しこんでしまう。

「む、むごうぐ……」

目を白黒させている娘の首の後ろで、嵌口具のベルトを尾錠できつく、しっかりと留めてしまった。

「さあ、痛い目に遇うのはおまえの責任よ。早く自分がマゾだと認めれば、こんな目に遇わなかったものを」

嬉しそうに言い、百合の臀部の側にまわってきた。手にした房鞭に軽く素振りをくれる。

シュッ、シュッ。

房鞭は、薄い細い革の帯を九本まとめたものだ。だからキャット・オブ・ナインテール――九本の尾を持つ猫と呼ばれる。その九尾猫鞭が不気味に空気を裂いて唸った。

粛然として観客が見守るなか、百合の哀れな屈曲姿勢の背後に立ったマリは、両腕を高く掲げた。右手に房鞭の柄を持ち、左手で鞭の先端を摑む。

狙いすましたように右手が半円を描いた。

シュッ。

観客の淫虐《いんぎゃく》な期待に満ちた静寂を切り裂いて、房鞭の先端が、まるい、スパンキングですでに大部分が赤く染まり、腫れあがってきている尻朶に襲いかかった。

ビシッ。

九本の革がほぼ同時に、しかし微妙にズレて肌に当たるために、やや鈍い、ズッシリとした打擲音が発せられた。

「あぐー……ッ！」

百合の、やや両足の間隔をとって床の上のバーに両手を拘束されている半裸の肉体がガクンと前にのめり、喉をあげるようにして頭部をのけぞらせたので黒髪がパッと宙に躍った。

強烈な打撃による苦痛で、ハイヒールの踵が床の上で踊り、カタカタと鳴った。乳房がぶるぶるんと揺れる。

サッと数条の打痕が臀丘を斜めに赤く走った。

「ひどいッ」

美穂子は自分の臀部を鞭打たれたかのようにビクンとシートの上で跳ねた。両手はしっかりと顎から口を覆っている。

「はは、叩きがいのあるケツだね。こうなったら、いつまでもマゾだと認めないで欲しいね。私がたっぷり楽しめるように」

そう言い放って冷酷な美女はまた鞭を振りかぶった。先端を摑んでおいて、狙いをすましパッと左手を離す。右手が一閃して振りおろされ、唸る房鞭の先端が今度はもう一方の臀丘に。

バシーン！

「うぐー……ウッ、うーッ」

若い肌を叩きのめす革鞭の音に、ボールギャグで弱められてもなお甲高い苦悶の悲鳴が交錯する。

（どんなに痛いかしら。きっと目から火花が出るほどの痛みに違いない）

美穂子は鞭打たれる百合の苦痛を自分のもののように錯覚して、残酷な打擲のたびにビクンと震えた。

何回、鞭が振りおろされただろうか。ようやくマリが鞭を投げ捨てた時、百合の臀丘には網の目のように鞭跡が交錯して、それが赤紫色を呈していた。ところどころ、皮膚が裂けたのか赤い出血点が見られる。

マリがまた手で合図した。ブーンと空中ブランコは元の高さまで上昇し、ガックリと全身から力が抜けたような百合の体を吊りあげた。次いでゆっくり回転し正面を向かせる。

「うぐ、うぐ……く……」

百合の口からは荒い呼吸音がボールギャグの穴から噴きだしている。唾液が糸をひいて顎から床へとしたたり落ちる。もともと小さめな口をいっぱいにこじ開けられているので、自由に唾液を呑みこめないのだ。透明な、キラリと輝く細い糸は蜘蛛《くも》の吐きだすそれに似ている。ふいに美穂子は、百合の唾液を拭ってやりたい。いや、それを舌に受けてみたいような、不思議な誘惑を覚えた。

「さあ、これだけ拷問を受けても、まだシラを切る気？　もっと鞭が欲しいかい？」

「うぐ……」

涙に濡れた顔を必死に左右に振る。哀切な訴える瞳。さすがに強烈な鞭は若い娘には応えたようだ。

「だったら白状するのね。おまえは淫乱マゾ娘でしょう？　そうね？」

「…………」

再び首が、よわよわしく左右に振られた。呆れたような表情を見せたマリ。

「おやまあ、まったく強情な娘だこと。どうしても本当のことを言うのがいやなのね。そうか、みんなの前だから恥ずかしくて隠しておきたいんだ。でも、そうはいかないの。おまえが否定しても、否定しきれない部分があるんだから」

マリの手がスキャンティにかかった。百合の目が驚愕で飛びだしそうになった。

「あぐ……ぐー……ッ！」

「証拠を見るのよ」

両手を宙吊りにされている娘に抵抗のしようがない。腿をぴっちりと密着させて秘部を覆う――といっても秘毛はほぼ透けて見えてしまっていたのだが――白いレースのスキャンティを守ろうとしたが、マリは簡単に、若い娘の羞恥の源泉を包み隠す布切れを太腿の半ばまでグイと引きおろしてしまった。

剝きだしにされた下腹部に秘毛はそんなに濃密ではない。水着のために左右を剃っているのか、秘裂の延長上に槍の穂先形に縦長に伸びる、シナシナした縮れの少ない秘毛だ。

背後にまわったマリが片手で年下の娘の胴を抱く。それは妖しいレズビアン的な光景だった。頰を押しつけるようにして、その耳に軽侮の声を吹きこむ。

「じゃあ、ここを触ってみよう。マゾじゃなかったら、濡れてなんかいないわよね」

「あ、む……ふぐ……ッ」

後ろから左手で腰を抱え動きを封じたマリは、右手を百合の股間へと伸ばしていった。若い肉が暴れる。なんとかその手を秘部へ近寄せまいとする。すべては無駄なあがきだ。マリの掌は黒い秘叢をまさぐる。赤いマニキュアの爪先がいやらしく下腹をやわやわと掻きむしるかのような動きをみせ、緊《きつ》く閉じた太腿のあわいへと滑りこんでいった。

「!………」

暴れる若い肉を背後から制する長身の女が、網ストッキングを履いた脚の膝で百合の膝の後ろから股間へと腿をこじ入れてゆく。そのせいで閉じた内腿がググッと左右に割れてゆく。抵抗が排除された空間を赤いマニキュアの爪が、白い細い指が蛇と化して侵入した。恥叢《ちそう》の底、女のもうひとつの唇へ。

「むー……ぁウッ」

秘唇をまさぐられる百合が哀切な悲鳴とも呻きともつかぬ、ややくぐもった声をあげた。背筋がピンと反る。白い喉を見せ、太腿がぶるぶると震える。観客はマリの指が秘唇の奥で何をしているかを知った。膣へ人差し指が侵略していったのだ。なんの抵抗も受けずやすやすと指が付け根まで埋没していった。

「…………」

百合の抵抗が突然消滅した。ビクンと腰が前後に揺れた。ガクガクと全身に震えが走ったかと思うと、また二度、三度と下肢に痙攣《けいれん》が走る。それが何を意味しているか、美穂子には、いや、客席にいる女性にはよくわかる。

（感じている。子宮が躍っているんだわ）

女だけしか知らない、発情した時のあの感覚が生じているのだ。すっかり百合という娘に感情移入している美穂子の子宮も、その時、熱い、甘い疼きにうち震えていた。

「ふふっ、なぁに、これは？」

腰をくねらせ、時折、ビクンビクンと下腹を突きだすようにしている年下の娘の秘唇をいたぶるマリ。彼女の指先が柔らかくとろけているに違いない襞肉《ひだにく》の奥でどのように蠢《うごめ》いているかは見えないが、それが百合の一番の弱点を攻めているのは明らかだ。百合の目がトロンとして、今までの苦悶、羞恥の色が消えたからだ。

「うー、ふぐ……くくっ」

唾液を噴きこぼしながら、同時に甘い呻きが喉を鳴らしながら、ボールギャグの穴から吐きだされている。

「どうしておまえは私の指を締めつけるのよ。ホラ、抜けなくなったじゃないの」

その言葉を耳に吹きこまれて、初めて百合の表情に血の気が浮いた。サッと俯く顔が紅潮する。狼狽。

グイと指を引き抜いたマリが、今まで若い娘の秘花器官を嬲っていた指先を彼女の目の前に突きだした。

「うッ」

泣きそうな顔になる。マリの人差し指は付け根までねっとりした液体にまぶされて濡れきらめいていた。

「どうして、ここがこんなに濡れているのっ。洪水じゃないの。それも熱くて煮えたぎったようなのが。ほら、牝の匂いをプンプンさせて」

嘲罵《ちょうば》する声が愉快そうだ。決定的な証拠を見せつけられた百合が、またガクッと顔を伏せる。その耳もとにマリが囁きかける。

「認めなさい。おまえは痛めつけられたり恥ずかしい目に遇うのが好きなマゾ娘だと。淫乱なマゾ娘。セックス奴隷になるのが念願のマゾだって」

「…………」

しばらくの間、なんの反応もなかったが、ようやく百合の頭がかすかに上下に揺れた。

「なんなの？　もう少しハッキリ意思表示をしてみせなさい！」

パンと百合の頬を平手で叩き、マリが威嚇し強要した。

「う、うっ……」

とうとう百合は泣きだした。泣きじゃくり大粒の涙をぽろぽろこぼしながら大きく何度もうなずいた。

「あはは、とうとう認めたわね。最初からそう素直な態度だったら、何もこんなに痛い目に遇う必要はなかったのに。でも、自分で昂奮したいから、わざとウンと言わなかったのかな」

にこやかな、勝ち誇った笑顔を見せながらマリは、今度は以前とはうって変わった優しさを見せながら、百合の口を塞いでいたボールギャグをはずしてやった。すぐに近寄ったバニーガールがそれを受け取って姿を消す。

「ずいぶん唾を垂らしたわねぇ。喉が渇いたでしょう」

顎を濡らした唾液を指で拭ってやりながら、まだ啜り泣いている若い娘の顔を自分に向けさせたマリ。

(あっ……)

美穂子は息を呑んだ。

顎を押さえて上を向かせた百合の唇に、マリが自分の唇を押しつけたからだ。

（この人、レズビアンなのだ）

明らかに舌をからめてゆく濃厚なディープキス。女同士の、それも片方はセクシィなPVCボディスーツ姿、もう一方は立ち吊りにされて、バストオープンのスリーインワンにスキャンティは膝まで引きおろされたあられもない姿というカップルのキスだ。美穂子が生まれて初めて見る、倒錯的で、しかし感情を激しく揺さぶりたてられるような妖しく美しい接吻。

「……………」

客席の男女もシンと静まりかえって、固唾を呑んで見守っているという感じだ。

百合の喉が時々震える。明らかに口のなかに注がれるマリの唾液を呑みほしているのだ。唇を吸い、唾液を呑ませながら、マリは立ち吊りの百合を抱き寄せた。片手で腰を抱き、もう一方の手でさっきはひねりつぶした乳房を柔らかく揉み、愛撫してやる。年上の美女に刺激された乳首がいっそう膨張してくる。

「はぁっ」

たっぷりと唾を呑みこませてから、マリは唇を離した。二つの口の間に唾液が糸をひいてキラリと光った。

「それじゃあ、おまえのマゾぶりをこれから証明してもらうわ。マゾなんだから私の言うことはみな聞けるはず。いいわね？」

マリが合図すると、空中ブランコはすうっと肩のあたりまで下降した。鎖のついた手枷を素早くはずすと、長い間立ち吊りにされて疲労しきっていたのか、それとも責めが終わって気が抜けたものか、百合はガクリと膝を折って、白いレースのスキャンティを膝にからめたままのあられもない姿で床に倒れた。

空中ブランコはブーンというモーターの音とともに天井の闇のなかに消えた。

マリは黒い網のストッキングに包まれた両脚を左右に開き、ぴかぴか光る編みあげの黒いエナメルハーフブーツを踏ん張るようにして仁王立ちになると、観客のほうに向けて黒いPVCに覆われた股間を広げる。ある種の威嚇をともなった挑戦的なポーズ。

「さあ、百合。ここに来て、淫乱マゾ娘らしく振る舞うのよ。まず立って、私のほうを向いて立つの」

横たわっていた娘がフラフラと立ちあがった。

「そんなもの、脱ぎなさい」

言われて、膝にからまっていた白いレースの布切れを爪先から引き抜く。

「よこして」

命令されて、おずおずとスキャンティをマリに手渡す娘。

「ふふ、よくもこんなに濡らしておいて、マゾじゃないだなんて頑張ったわねぇ。ほら、お客さまに見てもらいましょう」

総レースのスキャンティをくるりと裏返しにして、股布の部分を客によく見えるよう、高々とかざして見せた。

「アッ」

悲鳴のような声をあげて両手で顔を覆ってしまった、お尻を丸だしにした百合。

「やだ」

真っ赤になったのは美穂子もそうだ。秘裂に食いこむ部分がまるでお洩らしをしたかのように広範囲に濡れそぼっている。絞れば、それこそ雫《しずく》が垂れてきそうなぐらいに。

(あんな部分を他人に見られるのは、たまらない……)

カーッと頰が熱くなる。

マリはスキャンティをポイと床に捨て、汚辱にまみれて泣きむせぶ年下の娘に向かって命令した。

「私はおまえのご主人なんだから、命令に従うのよ。さあ、ここにひざまずきなさい。奴隷が何をするか教えてやる」

おずおずと立ちはだかるマリの前に膝で立つ姿勢をとった百合。

マリの手に、登場した際、百合を拘束していた革の手錠があった。

「さあ、後ろで手を組んで」

再び後ろ手錠をかけられた若い娘。不安そうな表情がよぎる。

「さあ、わかるでしょう？　マゾ娘の奴隷の任務はなんなのか」

マリに言われてコクリとうなずいた娘は、ひざまずいた姿勢でおずおずと体を前へ進めていった。

マリの手が百合の眼前で股間のファスナーに伸ばされた。

ジーッ。

ファスナーが引きおろされた。会陰部から臀裂のほうまで、ちょうど肛門のあたりで終わる。そこまでファスナーは全開にされた。

黒い、ぬめるような光沢のあるＰＶＣが割れて、その下の肉体が露出した。

「キャッ」

思わず短い悲鳴を洩らして両手でしっかり口を押さえてしまった美穂子だ。

彼女ばかりではない。周囲の客席あちこちから息を呑む気配、ショックを受けた者たちのどよめきが伝わってきた。

誰もが、サディスティックな美女の股間に期待していたもの、女性の性愛器官はそこになかった。

かわりに美穂子ら客の目を射たのは、肉の突起だった。綺麗に剃毛《ていもう》され、まだ完全に勃起していない状態ではあるが、それは間違いなく男性の欲望器官だった。その下のまるいふくろも。

「うそ」

「えーっ⁉」

「信じられない……」

あちこちで叫び声。嬌声、ざわめきがさざなみのように走った。

「男……なの⁉」

美穂子は目を疑って、樹里を見た。

「シーメールよ」

横目で美穂子の反応を窺っていたらしい樹里が、落ちついた声で告げた。彼女の手が再び年上の未亡人の手をとり、落ちつかせるように甲を撫でた。今度はもう離さない。なのに美穂子は自分が樹里に手を握られていることを自覚していなかった。

「シーメール？」

「そう。外見は女、中身は男」

明らかに樹里はすでにこのショーを見ている。少なくともマリを見るのは初めてではない。

「男の子が性器の手術を受けて外見も性器も女の子のようになったのがトランスセクシャル——性転換者。日本でいうニューハーフというのはたいていこのタイプ。ペニスは残しても睾丸《こうがん》を切除すると男性機能は失われるから、勃起も射精もしなくなる。シーメールは整形するのは乳房まで。性器はそのまま残して勃起も射精もできるの」

樹里は低い声で美穂子に説明した。

第三章　凌辱艶戯ショー

百合は、演技ではあろうが、ポカンとした表情で、眼前に出現したものを眺めている。

「おやおや、こういうの見るの、初めてじゃないでしょう？」

マリが愉快そうな口調と表情で言い、百合の項《うなじ》に手をやって、彼女の顔を自分の股間へと引き寄せる。

「ほら、どうやったら私が気持ちいいか、奴隷だったらやってごらん」

「…………」

まだ目をみはったまま、おずおずと先端に唇を寄せていった。

マリの男根は、美穂子の目から見てもそれほど際立って大きいサイズではない。どちらかといえば小さいほうかもしれない。ただ、印象として非常に清潔ですがすがしい、男性器官特有のあのまがまがしさが感じられなかった。

それは睾丸まで含めて丁寧に陰毛を剃り落としているせいかもしれない。美男僧侶の青々と剃髪した頭部を思わせる。また、包皮が半分ほど亀頭を覆っている仮性包茎のせいかもしれない。

「…………」

百合は、それが紛い物ではないかと疑うかのように、最初はおそるおそる唇をつけ、舌で点検するかのように亀頭を舐め、次に唇全体で亀頭冠を含んだ。

「…………」

やがて思い切ったように口の奥まですっぽりと肉茎を呑みこみ、舌を亀頭から胴部へとからめてゆく。

舌をつかうぴちゃぴちゃという音が、客席まで聞こえてきた。

美穂子は驚いた。年下の娘の口腔で刺激される器官は、やがてしだいに膨張していったからだ。

「…………」

百合の表情に喜悦のようなものが浮かんだ。自分の刺激に反応を示してくれた肉根をさらにいとおしげに、吸い、舐め、しゃぶりつくす。時にはいったん口から離して唾液でまみれた屹立《きつりつ》に頰擦りするかのように根元からふくろまで舌を這わせてゆく。

ふいに、ウーンというモーターの唸り。

おどろいたことに、フロアの椅子を中心にして直径一メートルほどの円がゆっくりとせりあがってきた。同時にゆるやかに回転をはじめた。床下にセリ——円形ステージの上昇と下降、回転を行なう装置が埋めこまれていたのだ。

それは高さにして一メートルほど上昇した。客たちがやや見あげる感じの高さで、椅子に腰かけたマリはさらに脚をあげ腰を浮かせた。それまで静寂だった店内に、BGMが流れはじめた。むせび泣くようなサキソフォンが哀切かつ流麗なメロディを奏でる。ジャズのスタンダードナンバーだ。

「…………」

ふっ、とマリの顔に別な微笑が浮かんだ。これまでの責めの間に見せてきた、あの冷酷な氷の微笑とは違う。慈母観音を思わせる、優しい笑みだ。

客席を見おろす高みでゆっくり回転しながら、自分の男性器官をくわえさせている娘の頬にかかる黒髪をかきあげてやる。そうすることで観客に彼女の口舌奉仕の詳細を見ることができるようにするのだが、その動作そのものが優しい。

(信じられない)

美穂子はただ呆然として眼前で展開してゆく妖しい、淫靡《いんび》なショーに圧倒されていた。

マリはどこから見ても女だ。おかまと呼ばれる女装男性を見たことがないわけではない。

そういった種族とは全然違う。確かに声はハスキーで骨格もしっかりした肉体だがどこにも男性を思わせるゴツゴツした筋肉の盛りあがりがない。肌はなめらかで肉づきはあくまで柔らかな女性的曲線を描いている。だいいち、この魅惑的な乳房の隆起を、男性が整形したものと思えるだろうか。

それなのに、彼——というべきか彼女というべきか——の股間には今や隆々と勃起した男性の欲望器官が自己の存在を誇示している。その眺めは現実感が希薄で、何か夢を見ているとか特撮映画の一シーンを見ているような気がする。

しかし、それは紛れもない現実だった。

熱心に奉仕する百合という娘の舌、唇、歯の共同作業で、唾液にまみれた肉の器官は今や最初の印象とはまったく異なった、凶暴な意志を秘めた肉の武器といった趣きに変容している。全体に暗赤色を呈して、亀頭はまさに槍の穂先といった、柔肉を貫くためという目的を改めて思い知らせる形状。尿道口からの透明な溢出液と百合の唾液にまぶされた鮮紅色の亀頭は、彼女が茎に沿って舌を這わせたり——時には睾丸や会陰部まで——する際に口から抜かれると、テラテラと濡れてきらめいているさまは、異星の生物の頭部めいて何か魅惑的な謎の生物を見るようだ。

「さあ、最後のご奉仕よ」

ふいにマリが決然として言い、股間で奉仕する百合を立たせた。

命じられて百合は彼女に臀部を突きだす形で床――円形の小さな回転ステージの上に体を伏せた。

美穂子はあっけにとられた。いくらなんでもここには五十人ほどの観客、十人以上の店のスタッフがいる。その前でセックスを繰り広げるとは思ってもいなかった。

百合はトロンと溶けた目で、床に乳房を押しつけるようにして臀部を持ちあげる。

「ふふ、犯されるのを待ち兼ねて、こんなに濡らして……よしよし」

マリが楽しそうに言い、股間の勃起を握りしめた。

「あー……」

溜め息とも小さい悲鳴ともつかない声を美穂子は洩らした。おそらく彼女ばかりではなかっただろう。

ズブ。

百合の背後に片膝をついたマリが、片手を秘唇に、もう一方で自分の屹立を握りしめてのしかかっていったからだ。

「うっ」

後ろ手にくくられた百合の顔が一瞬、持ちあがった。貫かれる牝の表情を見せて。

ズブ。

血管を茎部に脈打たせた、もはや標準サイズとはほど遠い凶暴さを見せた太い器官が、先端からマリの性愛器官へとめりこんでいった。

「む……うっ、はあっう、あう……おお」

ゆるやかに回転する円形ステージの上で、むせぶようなテナーサックスに合わせて二つの白い肉体が緩いリズムを刻みはじめた。

百合の腰を抱えこんだマリが、腰を進め、退く。進め、退く。

「あーっ、ううっ、はーっ」

牝犬のような姿勢で貫かれる娘は時に黒髪を振り乱し、顔を持ちあげる。

その可憐な顔が快感にとろけているのを、美穂子はハッキリと確認した。

慈母のような笑みを浮かべながら、確実に、しかし少しずつリズムを速め、力強さを加えながら抽送するマリ。実際は男性であるのに、そうやって女性を犯している光景を目の前にしても、美穂子はまだマリの真の性を信じられなかった。

(あのペニスが、まさか作りものなわけはないし……)

「うっ、ああー、あっ、おおー……」

後ろ手に革手錠を嵌められたままの百合が、しきりにヒップをうちゆすりはじめた。

時にギューンと背を反らせて乳房を躍らせる。

演技ではない。激しく感じていることは間違いない。顔は完全に理性を失い、意識を失ったもののそれだ。もう目はどこにも焦点が合っていない。

ふいにマリが、百合から引き抜いた。

「あっ、いやーッ」

「仰向けになれ」

命令して手荒に彼女を引っくりかえす。

白いストッキングの両膝のあたりを抱えてグイと体を折り曲げる。

〝まんぐりかえし〟と呼ばれる、深く貫かれる姿勢だ。仰向いた百合の顔近くまで膝がきた。

この娘の体は非常に柔らかい。

愛液にまみれた猛々しい器官を握りしめ、外見は凄艶《せいえん》な美女が再び腰を沈めた。

「う、ああー、あうっ、はあっ」

よがり声をあげて凌辱《りようじよく》を進んで迎え入れる百合。白いハイヒールの片方がスポッと脱げて宙を舞った。白いストッキングに包まれた脚線がビクンビクンとうち震える。

(すごく感じている)

自分でも、その姿勢で貫かれたらたまらないと思う。夫を亡くして二年、無我夢中ですごしてきて禁欲がつづいてきた。その目の前で美しい女性とシーメールとの交合は、美穂子にとって刺激が強すぎた。美穂子はもはや絶頂へ追い詰められてゆく百合とほとんど合体していた。

「うわあっ。あうっ、あうう」

折りたたまれた形の女体が、一瞬下肢をピンと伸ばしたように見えた。太腿の筋肉に痙攣が走った。ビクビクと腹部が波打ち、

「ひいいッ」

絶叫して百合はイッた。

「うぬ」

腰を斜め下方へと叩きつけていたマリの下肢も強い緊張感を漲らせたかと思った瞬間、

「はうっ」

目を閉じた美貌が瞬時、キュッと歪んだ。

「アッ」

ほとんど同時に、美穂子は叫び、両手で鼻から口を強く覆った。

マリのペニスから精液が百合の膣奥へ噴射されている。

「む……むッ」

ビクビクとマリの太腿の肉も震えている。腹部に緊張が走っては緩む。

数回の痙攣の後、二つの肉体は繋がったまま静かになった。

スポットライトが消えた。店内は真っ暗になった。

数秒か数十秒か、美穂子はもう時間を忘れた。呆然としていた。彼女の脳裏を走った映像の衝撃で。

今度は店内の明かりが点いた。ショーフロアの回転ステージは元の高さに戻り、そこには二匹の美しい生き物の姿はもうなかった。

客席からいっせいに拍手と歓声が湧き起こった。

「どうだった？」

樹里が声をかけた。ハッと我にかえった美穂子は、自分の手がずっと樹里に握られていたことに気がついた。

「えっ。あっ、す、すごいわね。もう私、ボーッとしてしまった」

美穂子が少しうろたえた様子なのを、樹里は愉快がる目で眺めた。

「ちょっと刺激が強すぎたかなぁ。これを見たさにお客が集まるの」

「こんなこと、毎日やってるの？」

「このシーメールショーは毎週金曜だけ。他の日はふつうのレズビアンショーか白黒ＳＭショー。まぁ、金曜のこれが一番人気ね。私も何度見ても圧倒されちゃうもの」

それほど樹里は、この店に足しげく通っているのだ。一人で五万円もとられる高級な会員制クラブに。

「でも、ああいう、なんていうの……本当にしてしまうショーって、警察が取り締まるんじゃないの？」

美穂子は心配になった。

「大丈夫。こういうところは会員も相応の紳士淑女。限られた人たちが高いお金払って内輪で楽しんでいるだけじゃ、警察は何もしないの。一般大衆がその楽しみを味わいはじめたら、絶対に許さないけど」

「まぁ、不公平」

「そうです。この世は不公平。だからいい思いをする側に立たないと損」

樹里がバニーガールの娘を呼びとめた。

「お願い。マーキーに言って車を呼んでくださいな。古矢の名前で」

「かしこまりました」

ウエイトレスの態度も樹里がここの常連であることを示している。

店内の客たちはショーが終わっても帰るのは少数だった。誰も帰宅の足など気にしない人種なのだろう。

「やあ、樹里さん。もう帰るの」

いきなり声がした。美穂子が見あげると、ショーのはじまりに挨拶をしたタキシードの中年男が立っていた。この店のオーナー、竜野槇夫だ。

「ええ。今日はお友だちと一緒だから。彼女、家が遠いのよ」

「あ、そうですか。これは初めまして」

如才ない態度で美穂子に挨拶して名刺を渡し、ほれぼれとした顔をしてみせた。

「これは美しい方だ。しっとりと落ちついた雰囲気で……」

「まぁ、そんなお世辞を言わないでください」

美穂子はうろたえてしまった。そんな言葉を耳にしたのはかつてない。もちろんこういう店に足を踏み入れたこともないから当然だが。

「いや、お世辞ではありませんぞ。最近はあなた様のような女らしさを漂わせる成熟した魅力の女性というのはどうも少ない。私はいつもそういう女性を探し求めているのです」

「言うわね、マーキー」

樹里が笑った。少し真面目な顔で美穂子を見る。

「このマーキーは、お世辞はめったに言わない男よ。美穂子さんも自信を持ちなさいな。あなたはまだまだ魅力たっぷりの熟女なんです」

秘密めいた高級クラブのオーナーは、顎髭を撫でながらおもむろにうなずいた。

「そうですとも。ぜひ、またお越しください。お一人でも結構です。私の名前を告げていただければ、いつ何どきでも席をおとりします」

「とんでもない。私、こんな高級なお店に来られるような身分じゃありません」

美穂子は驚いた。お世辞にしてもこれはやりすぎだ。しかしマーキーと呼ばれる渋い中年男はしごく真面目な顔だ。

「何をおっしゃる。あなたのような方にご来店いただけるだけで光栄。当店がいつでもご招待という形にいたします。本気です。ゆめゆめお疑いなさらぬよう。嘘だとお思いでしたら、明日にでもまたお越しくださいませ」

「まぁ……」

いきなり、金は払わなくてもいいから店に来てくれと言われて、美穂子は呆然としてしまった。マーキーの落ちつき払った顔を見ると、あながち彼女をからかっているというふうでもない。

「ともかく、お車が来るまで、これは店のおごりということで……」

琥珀《こはく》色の甘い食後酒、マディラワインがふるまわれた。作られたのは百年以上も前だと聞いて美穂子はびっくりした。生まれて初めての経験ばかりだ。

やがてウエイターが、樹里の呼んだハイヤーが到着したと伝えにきた。

二人はオーナーにうやうやしく見送られてエレベーターに乗った。マーキーは下までついてきて、別れぎわに樹里とひそひそ言葉を交わした。

「どうでした、この前の話は？」

「ありがとう。お蔭で万事うまくいったわ」

「それはよかった」

「そのお礼はまた……」

「いや、気をつかわんでください」

その会話からして、マーキーと樹里の関係は単なる店の客と経営者の関係だけではないように美穂子には思えた。

ビルの前に停まっていた黒塗りの高級外車に乗ると、樹里はもの慣れた口調で運転手に命じた。

「まず、代官山へ行って。それから夢見山ね」

ハイヤーなどめったに乗ったことのない美穂子は、それだけで緊張してしまうが、樹里は社用でいつも使っているからリラックスした態度だ。

「ふふっ、美穂子さん。私にまたライバルができちゃった。あなた、マーキーにスッカリ惚れられてしまったわね。あいつ、わりと本気だわよ」

そう言われても、美穂子は当惑するばかりだ。

豪華な内装の後部座席で、樹里はかなりぴったりと美穂子にくっつくよう座って、自然に肩に手がまわされる。どういうものか美穂子はボーッと夢見心地で、ふだんならそうやって触られたら身を避けてしまうのに、今はその気が失せている。

「まだ一時じゃないの」

「でも、帰ると二時をすぎているわ。ふつうの家庭の女性には遅い時間よ」

「たまにはいいじゃないの。明日も愛しの息子はいないんでしょう？」

「ええ。帰るのは明々後日《しあさって》の夜かな」

「だったら目いっぱい羽を伸ばしましょう。今夜は朝まで楽しまない？」

樹里の珍しく甘ったるい声に、美穂子はようやく警戒心を抱いた。

「楽しむって……ダメよ、樹里さん。今夜は口説かないって言ったはず」

「そうは思ったけど、あなたの昂奮した匂いを嗅いだら、私のレズの血が騒いじゃうのよお」

運転手の存在など気にしないように、樹里は美穂子を腕にかき抱くようにした。

「ダメよ、樹里さん。やめて……」

「これがやめられますか」

押しのけようとしたが、なぜか力が出ない。フーッと体が暗いところに沈みこんでゆくようだ。

「効いてきましたか」

男の声がした。運転手だ。

「そのようね。案外、早かったわ」

樹里が答えている。

(眠い。寝ちゃダメ。どうして……)

美穂子はもがこうとしたが、もう体はまったく動かない。知覚も失せた。

深い眠りに落ちていった。


美穂子が目を覚ましたのはベッドの上だった。

最初はどこにいるのかわからなかった。自分の家、自分の寝室のベッドだと思ったが、感じがまったく違う。ホテルのベッドルームを思わせる完全な洋風の部屋だ。

部屋の隅のフロアスタンドの明かりだけで、全体的に暗い。

「えっ」

あわてて跳ね起きようとした。体が動かない。

（金縛り？）

もがいているうちに、両手を寝ながらバンザイしている形に縛りつけられていることに気がついた。ベッドが古風な四本柱のもので、頭側の柱にそれぞれの手がくくりつけられているのだ。

（えーっ、どうしてっ⁉）

記憶が甦ってきた。

淫靡なシーメールのショー。マーキーというオーナーとの会話。高級な外車に乗ったこと。樹里に抱かれて押しのけようとしたこと……。

（あの時、急に眠気が押しよせてきて……じゃ、あれは睡眠薬？）

道理で頭がボーッとしているわけだ。

（ということは、ここはあの人の？）

古矢樹里は代官山にあるマンションに住んでいたはず。彼女は前から口説いていた美穂子を自分のものにするべく、こっそり睡眠薬を呑ませてここに連れこんだのだ。

（でも、眠っている私をどうやって？）

いくら樹里が力強くても無理だ。ということはあの運転手が手伝ったのだろう。

（そういえば、「効いてきましたか」と言っていた。彼も共犯だったのだ！）

そもそも、最後に口にしたのはマディラワインの銘酒。それをすすめたのはマーキーという『ラ・コスト』のオーナーだった。

（みんなグルだったの？）

初めて恐怖が湧き起こった。なんとか体を自由にしようともがいた。そして気づいた。

（いやっ！）

美穂子は着ているものをすべて脱がされ、全裸でシーツの間に横たわっていたのだ。

（私が眠っているうちに、樹里さんが⁉）

強い羞恥が襲ってきた。動悸が激しい。動いたせいだろうか。吐き気もこみあげてきた。

冷汗が全身を濡らした。

美穂子は思わず目を閉じて唇を噛み締めた。動揺がおさまるのを待った。

ふいに二つあるドアのひとつが開いた。

裸身にバスタオルを巻きつけた樹里が出てきた。浴室にいたのだろう。

「おや、目が覚めたのね。案外早かったな」

ベッドの上で睨みつけている美穂子を見て、平然として歩みよる。水滴をのせた裸の肩から石鹸の匂いがする。

「だましたのね」

美穂子はつとめて怖い顔をつくりながら言った。ここで臆してはいけないと思ったからだ。

「最初は、そのつもりじゃなかったのよ。でもあなたが途中で昂奮したものだから、私も欲望を抑えきれなくなって……第一、あんな状態であなたを帰せないでしょう？」

「私が昂奮した？」

思わずドギマギしてしまった。

「隠そうと思っても無駄。あなたは最初っからあのショーに魅せられた。何もかも忘れたように見入って、そしてマリがシーメールだとわかった時、すごい衝撃を受けた。そしてパンティがグショグショになるくらい濡らした」

「あ……」

美穂子の抵抗はあっけなく崩れた。真っ赤になって顔をそむけてしまう。

「そうよ。寝てるあなたから服を脱がせた時に、ちゃんと確かめてあるのよ。否定しても無駄。ほら、そこにあるから見せたげようか」

ベッドの向こうに小さな机と椅子があり、美穂子の下着類——白いブラジャーとパンティ、ベージュ色のキャミソールとペティコートが椅子の背もたれにかかっている。スーツやブラウスは見えない。それは別の場所に保管されているのだろう。女性なら、ニットのスーツを脱がせたまま放置はしないものだ。

「ひ、ひどい……」

美穂子のか細い抗議。

「だからさぁ、これはなんとかしてあげないといけないと、私は思ったわけです」

からかうような口調で、ベッドの縁に腰をおろした樹里は、愉快そうに笑った。

「やめて。ここから帰して」

「帰せるわけがないでしょう？　さんざん苦労したんだから」

怖い顔をして睨み、毛布ごとアッパーシーツをはねのける。

「きゃっ！」

驚いて体を横にした美穂子。その羞恥におののく熟女のオールヌードを眺め、樹里は嬉しそうな顔になった。

「よかった、生理じゃなくて。思うぞんぶんキスしてあげるわね。体じゅう、くまなく、どこもかしこも」

「やめてッ」

「やめられるもんですか」

バスタオルを投げ捨てた樹里が全裸でベッドの上にあがってきた。

両手をベッドの柱にくくりつけられて、抵抗できない年上の女の裸身にまたがってきた。

美穂子の目の前に、樹里の乳房がのしかかる。見事な半球。突出しているのにブラジャーの必要がないほど引き締まって、苺《いちご》色の乳首はツンと上を向いている。

「あなたは何もする必要がないのよ。ただ、横になっているだけでいいの。私があなたに天国を味わわせてあげる」

最初に美穂子のまったく無防備な乳房を襲ってきた。

両方の掌で美穂子の弾力に富んだ乳房を揉む。爪を短めに切った指が乳首をいじる。

女同士だ。どこがどのように感じ、どうされたら快感を味わうか、樹里は熟知しているのだ。抵抗のしようがない。美穂子はたちまち熱い吐息を洩らし、腰をくねらせた。子宮で甘い疼きが湧き起こってきた。

「やめて、あっ、はあっ……」

「ふふ、もう感じてきたのね。さっき火がついてるから、軽く吹いてあげるだけでまた炎がボウボウ」

愉快そうに笑い、腋窩をソッと撫であげ、

「ヒーッ」

年上の女が豊満な肉体をうち震わせるのを楽しそうに眺める。

「敏感な体。よく亡き夫に貞淑な未亡人でいられたわ」

体を屈め、頬擦りしてきた。その時ハッと気がついた。

シャワーを浴びたらしい樹里と同じに、美穂子の化粧はきれいに落とされて、乳液をよくすりこまれている。つまりある程度の年齢に達した女性なら就寝前に必ず行なう肌の手入れを施されている。美穂子が眠りこんでいる間に樹里がやってくれたのだ。

相手が異性であれ同性であれ、いや、同性であればこそ、剝《は》げかけた化粧を気にしてベッドをともにするのはたまらないものだ。樹里はそこまで美穂子の心を読んだのだろうか。

(なんて人なの……)

自分の知らない間に体を自由にされた嫌悪感が薄らいだ。樹里は少なくとも、美穂子の体をただ欲望の捌《は》け口とは見なしていない。子供が大好きなお人形と遊ぶように、愛情をこめて扱っている。

項にキスされ、耳朶を嚙まれ、耳の孔から熱い吐息を吹きこまれた。

「すてきよ、美穂子さん。これまで私が抱いた女のなかで、最高……」

賞賛の言葉をかけながら、掌は豊かな双丘をやわやわと揉み、乳首をつまみ、軽くひねりつぶす。樹里の口紅を落とした唇が顎から喉首にかけて這いまわり、時々チュッと音をたてて吸う。舌でチロッと舐める。そういう刺激が実に的確な部分で行なわれる。そのたびに「アッ」と呻きというか吐息を洩らしてしまう熟女。あのステージの上の百合のようにいつの間にかヒップから太腿にかけての筋肉もビクンビクンと反応してしまう。

「…………」

いつの間にか樹里が無言になった。美穂子の肉体を賞翫《しょうがん》するのに夢中になってしまったという感じだ。腋窩にまで唇を押しつけ、鼻でクンクン匂いを嗅ぎ、舌でペロペロ舐める。

「あーっ、ヒーッ」

擽《くすぐ》ったさに悶える美穂子の唇を、ようやく樹里が襲った。

唇に唇が押しつけられ、舌がそれをこじ開けて蛇のように滑りこんできた。

自分の舌に樹里の舌がからみつき、強く吸われた。その瞬間、それだけで美穂子はオルガスムスを味わった。

美穂子はかつて夫との夫婦の営みにおいても、なかなかオルガスムスに達しなかった。夫の汗みどろの努力に応えるために、何度となくイッた演技をしたものだ。

だから自分は「冷感症かもしれない」と悩んだこともある。

その自分が、なんと樹里に接吻されただけで、子宮が収縮したと思ったとたん、キューンと鋭くも甘い感覚が全身を貫き、ギュッと全身が反りかえったかと思うとフワーッと宙に浮いたような感覚が生じ、無意識のうちに二度、三度と下腹部を跳ねあげていた。

「イッたのね、美穂子さん」

樹里は押さえつけて玩弄《がんろう》している女体の動きで、敏感に察知した。

「………」

美穂子はボーッとしたまま、再び強く口を吸われた。唾液が流しこまれて、無意識のうちにそれを啜りこんでいた。信じられないほど甘く、『ラ・コスト』で呑まされたマディラワインよりも美味に感じられた。

「まだまだ序の口。女同士のお楽しみはこれからよ」

――その言葉は嘘ではなかった。

男のオルガスムスは射精をともない、その後は虚脱と無感覚の時期が長くつづく。どんなに精力的な男性も休息が必要だ。

ところが女は違う。子宮の収縮によるオルガスムスは何度でも、連続的に可能なのだ。通常、膣とクリトリスか、どちらかを刺激してやらないとイカないと思うのは男の勝手な思いこみにすぎない。女が激しく欲望を覚えて昂奮した時、極端に言えば耳もとに息を吹きかけられただけでイクのだ。

美穂子は女特有の性感のすさまじさを、三十五歳になって初めて味わった。

樹里の愛撫と賞翫の手は全身をくまなく這いまわったが、秘唇とその内側、最も女らしい部分には触れようとしなかった。それなのに美穂子は、獣のように唸り、悶え、叫び、啜り泣いた。

連続的にオルガスムスを与えられた時は、もう息ができなくて窒息するのではないかとさえ思った。

「あう、あう、ううう、あうっ、あーっ、あああ……ッ」

何もかも忘れてしまった。自分がどんな恥ずかしいことをされているのかも。

気がついた時は、ぐったりとなって伸びていた。いつの間にかうつ伏せにされていた。

全裸の樹里がスプーンを重ねる姿勢で覆いかぶさってきた。

項に唇を押しつけられるだけで美穂子はイッた。

肩甲骨のあたりに樹里の勃起した乳首を感じただけでイッた。

臀部に樹里のスベスベした下腹を押しつけられただけでイッた。

腰のくびれを掌で撫でられ、揉むようにされただけでイッた。

いつの間にか樹里の唇が臀部から太腿、膝の裏へと下っていった。何度も何度もイカされて、指の股を舐められただけでもイッた。

再び唇は足先から這いのぼり腿の内側を舐めながら脚の付け根に達した。

「あうっ、お願い。ああー、もっと……」

幼い子が泣きじゃくりながらねだるように、美穂子も樹里に哀願した。

「なあに。何をして欲しいの」

「あそこ。あそこを触ってぇ」

自分も玉の汗を顔じゅうに浮かせている樹里が、ニンマリと笑う。

「おやおや貞淑未亡人がなんて淫らなことを言うの。でも、どこを触って欲しいのかわからないわ。ハッキリ言ってくれないと」

「意地悪……うッ」

「どこが。これだけサービスしてるのに、どこが意地悪なの。そんなこと言うなら、やめようかなぁ」

密着していた肌が離れた。

「いや、いやッ。やめないで」

哀願は悲鳴に近い。

「やめて欲しくなかったら、言いなさい」

もう完全に樹里の掌中で操られる玩具だ。

「あそこ……おまんこを」

「聞こえないわよ。もっと大きい声で言えないの」

「おまんこ。おまんこ触ってぇ」

真っ赤になりながら、それでも、ふだんの生活では絶対に口にしない言葉、亡き夫との性生活でも口にしたことのない言葉を、ついに口にしてしまった美穂子だ。

「触るだけでいいの？　ほら」

「ダメッ。あの……イカせて」

「そういうこと。わかった。もちろん、頼まれればいやとは言えないわねぇ」

完全に年上の魅力的な女を屈伏させて満足そうな樹里。

「では、お望みどおりにしてあげる。さあ、脚を広げて、お尻を浮かせてちょうだい。その、おまんこをハッキリ私に見せて。そう、もっと……」

「ああっ」

やはりわずかに残る理性が、同性の前に自分の羞恥の源泉を見せることに激しく抵抗したが、欲望に突きあげられる子宮が、それを圧倒した。

「あー、すごい洪水ねぇ。驚いた。お洩らしした赤ちゃんね」

両腿の間にひざまずくようにして両手でずっしりした美穂子の白磁の腿を押し広げ、樹里は短髪の頭を年上の女の股間へ、シナシナとして濃密な繁茂に縁取られた、赤みを帯びた珊瑚色の秘裂粘膜へと沈めていった。

第四章　熟女行員の告白

再び、美穂子は夢遊の世界から現実にたち戻った。

樹里の巧みなテクニックに翻弄され、ついに自分から「おまんこ触って」と懇願した未亡人は、年下のレズビアンに、指を膣口に挿入されただけでイッた。

あとはすさまじいばかりの膣オルガスムスの連続だった。

最後は心臓が苦しく、呼吸も困難な状態になって、このままではもう死んでしまうか、いや、もう死んでしまって自分が舞っているのはあの世ではないかと疑ったほどだ。

そうして、深く膣奥に何本かの指――何本なのか自分ではわからない――を突きこまれて抉《えぐ》りまわされると、美穂子は強烈な銃で撃たれた者のようにベッドの上で縛られた裸身を跳ねあげさせ、「ギャー!」と叫んで自失してしまったのだ。

意識を取り戻した美穂子の視野に飛びこんできたのは、全裸の樹里の姿だった。

彼女は微笑を浮かべてベッドの傍に立ち、失神していた裸女を眺めおろしていた。

「驚いたわ。美穂子さんがこんなに感じる人だとは夢にも思わなかった。よくもまぁ、再婚せずにいられたこと」

美穂子の両手を縛っていた柔らかな紐をほどくと、手首に食いこんだ縛めの跡を手でさすりながら、

「何回イッたか知ってる？　少なくとも二十回以上。あなた、セックスするたびにそんなに激しくイッてたの？」

「そんな……こんなふうに感じたのはめったにないわ。あっ……」

ようやく自由を取り戻したものの、起きあがろうとすると眩暈《めまい》がして、またバタリとシーツに倒れこんでしまった美穂子だ。タオルで優しく顔や体の汗を拭ってやりながら、樹里は意味ありげな表情で荒い息をついている年上の女を観察している。

「私のテクニックのせいだと思えば、誇らしい気もするんだけど、どうも、そればかりではないわね。『ラ・コスト』のショーの時、それも途中から、あなたはものすごく昂奮しはじめた。否定してもだめよ。私はこっそり観察してたんだから。あなたの肌の匂いや熱もね。あのマリって子がペニスを出した時、あなたはすごいショックを受けた。それからよ」

「…………」

美穂子は、樹里が何を言いたいのかわからなかった。ただ、彼女の観察眼の鋭さには舌を

巻いた。実際、そのとおりだったから。

「そこが不思議なのよ。ふつう、ああいうシーメールを見て激しく昂奮する女性って珍しいものよ。なぜ、美穂子さんが昂奮したのか。それを知りたいわね……」

　美穂子は狼狽した。

「なぜ……って、そんなこと、私にもわからないわ。ただ、あの人が男だとわかったとたんに体が熱くなったの」

　樹里は首を横に振ってみせた。

「半分は本当だけど、半分は違うわね。さっき、めったにないって言ったでしょ。つまり初めてではないという意味でしょ？　何か、過去にあったんじゃないかって気がする」

　ズバリと言い当てられて、美穂子はさらに狼狽した。たぶん顔色が変わったのだろう。樹里が目を細めた。

「うふっ。どんぴしゃ当たりみたいね。あなた、シーメールと何か関係があったのね？　そうでしょ？」

「そんな……そんなこと、ありませんっ」

　思わず語気が強まり、当然、樹里の疑いはますます強まった。

「そう言われると本当のことが知りたくなるわ」と、追及は執拗だ。

「どうしてそんなこと聞くの？　あなたには関係ないことでしょう？」

表情を硬くした美穂子が起きあがろうとすると、強い力で押さえられた。二人の裸女はベッドで揉み合う形になってすぐに樹里が美穂子を制した。

「あっ、痛い……」

腕を背中でねじられ、シーツの上にうつ伏せにさせられる。樹里は合気道の有段者と聞いたことがある。軽く手首を握られているだけなのに、動こうとすると肘と肩の関節に激痛が走り、身動きができない。

「関係なくもないのよ。私はあなたのすべてに関心があるの。なぜなら、惚れた相手だから。男でも惚れた相手のことは知りたくなるでしょう」

「そんなバカな。私にだってプライバシーというものがあるわ」

「そのプライバシーを知りたいのよ」

ほどいたばかりの柔らかい紐——おそらくバスローブの腰紐——で、美穂子はまた後ろ手に手首を縛られてしまった。

「さあ、私に教えて。どうしてシーメールを見て昂奮したのか」

顔は笑っているが、目は笑っていない。ひどく真剣な光がある。その雰囲気には美穂子を畏怖させる何かがあった。

「知りたいのなら教えてあげる。でも、縛られてるのはいやだわ」

「いいじゃないの。あなた、縛られると感じるタイプみたいだから。ホラ」

ベッドの上で横座りの姿勢にさせて、年下の女はベッドサイドの小机からリキュールグラスをとりあげ、すでに満たされていた琥珀色の液体を口に含んだ。それは美穂子が失神している間に樹里が用意したものらしい。

「む……」

美しい未亡人は樹里に抱かれて口移しにその液体を呑まされた。

『ラ・コスト』で呑んだマディラワインの銘酒より、さらに美味な、トロリと甘い美酒だった。陶然として美穂子は樹里の唾液とともにそれを呑んだ。薬草の匂いが鼻を抜ける。

「心配しないで。これは気付け薬。眠り薬は入っていないから」

ねっとり濃厚な接吻を楽しんでから、唇を離した樹里は言い、美穂子の乳房を弄んだ。たちまち乳首が硬くなった。体がカッと熱くなる。

「特製の薬草酒よ。眠り薬のかわりに、よく効く媚薬が入っている」

「えっ⁉」

その時はもう、甘美な拷問がはじまっていた。

全裸の樹里がぴったりと肌を密着させてきた。唇が項、首筋、胸、肩、二の腕……と這いまわり、同時に両手が乳房や腋、背中、腰のくびれなどを愛撫する。

「あっ、ああっ、はあー、ウウ……ン。はあっ」

美穂子はたちまちやるせない呻きを洩らして身悶えしはじめた。樹里はさっきの愛撫で美穂子の快感のツボをすべて探索し覚えこんだに違いない。吸われなくても息を吐きかけられただけで、もう全身がワナワナと震えるほどの快感が生じるのだ。

チュウチュウ。

音をたてて乳首を吸われた時など、思わずのけ反ってしまった。

「ほらね、縛られるとあなたはめちゃめちゃ昂奮する。ここなんかまたビショビショ。どうしてこうなるのかな？」

指で美穂子の秘唇をそっとまさぐり温泉の溢出口に指の先端を浸す。

「い、いやーっ、ああっ」

それだけで脳髄を鋭い快美電流が流れて、美穂子はあられもない悲鳴に似たよがり声を張りあげてしまうのだ。実際、そんなふうに翻弄される自分が情けないぐらいに、自分の肉体は樹里の愛撫に反応してしまう。理性では腿をぴったり閉じて、樹里の無遠慮な指を阻止しろと命じているのに、子宮は「思いきり股を開いて迎え入れなさい」と命じて、美穂子はそっちに従ってしまい、自分から腰を突きあげて少しでも指を深く入れてもらおうとする。

「では教えてちょうだい。なぜシーメールを見て、あんなに昂奮したのか」

巧みに指をつかい、美穂子を喘がせ、悶えさせながら樹里は質問を続行した。

「言わないと、いつまでもイカせてあげないわよ。簡単にイカせることもできるけど、イカせないこともできる。イカされないことがどれだけつらいか、ホラ」

「や、やめてッ。そんな……」

美穂子は、はあはあと熱い息を吹きあげて懇願する。

「言いなさい」

「言うわ。言うから……指を」

「白状するのが先」

美穂子は、これまで誰にも語ったことのない、奇妙な体験を打ち明けるしかなかった。


それは、こともあろうに病院の駐車場で起こった。

美穂子の夫、司文雄《ふみお》が治療を受けていた、医科大学付属病院である。

十国銀行の有能な銀行マンだった文雄は、ある日、行内で倒れた。突然の脳内出血だった。

すぐに脳外科で手術を受けたが脳の損傷がひどく、意識を回復しないまま集中治療室へ収容された。

美穂子にしてみれば、まさに青天の霹靂《へきれき》だった。血圧も平常より少し高いぐらいで、行内で実施される人間ドックでは特に異常はないと診断されていたからだ。

入院してから一週間目、医師は美穂子を呼んで、「生命維持の根幹部分をやられているので生存の確率はきわめて低い。会わせてあげたい人がいたら呼ぶように」と告げた。臨終が近いという意味だ。

美穂子はわりと冷静にその言葉を聞いている自分に驚いていた。

自分が自分ではないような、自分の外にもう一人の自分がいて、動きまわっている自分を傍観しているという感じだった。たぶん夫が倒れたストレスで、精神的な変調——一時的な離人症状——を呈していたのかもしれない。

美穂子は医師に礼を言い、エレベーターに乗って地下の駐車場に降りた。駐車場は広く、面会時間もすぎていたから車の数は少なかった。自分の車——メタリックグレーのセフィーロ——はわりと奥のほうに置いたので、エレベーターから車まで少し歩かねばならなかった。

セフィーロのまわりには数台の車が駐まっていて、一台ぶんの間隔を置いて運転席側の隣に白いデリバリーワゴンが置かれていた。宅配業者が使うような小型のワゴン車である。

美穂子が自分の車のドアを開けようとバッグからキーホルダーを取りだそうとした時、ワゴン車の助手席から白衣の看護師が降りてきた。

病院の駐車場に看護師がいたとしてもなんの不思議もない。美穂子はまったく警戒しなかった。

看護師の制帽と白衣を纏った女が、美穂子がドアを開けた瞬間を見計らって、声をかけてきた。

「すみません、ちょっと……」

「えっ？」

振り向いた。

「これ、落としましたよ」

手に白いハンカチのようなものを持って近づいた。美穂子は首を横に振った。

「いいえ、違います」

「そう？　よく見てください」

すぐ近くまで来ると、いきなり美穂子の二の腕をグイと摑んで引き寄せ、もう一方の手を突きだした。ハンカチで隠していたナイフの刃が魔法のように現われた。

冷たい光を放つ、見るからに鋭利そうなナイフの刃を突きつけられて、

「あ」

美穂子は呆然として悲鳴をあげるのも忘れてしまった。

「おとなしくしなさい。お顔をザックリ切られたくなかったら……」

女にしては低い、かすれた声で脅かした。同時に手にしたハンカチを丸めて美穂子の口のなかに無理やり押しこんだ。

「むー……」

冷たい鋼が頬にあたった。美穂子は抵抗する意思を捨てた。同時に膝から力が抜けた。

彼女は強い力で後ろから抱き締めた美穂子を引きずるようにしてデリバリーワゴン車へと連れてゆき、後部の両開きドアを開けると、驚くほど強い力で美穂子をなかへ突きとばすようにして乗せた。

貨物室には床と側面には積荷を保護するためか厚いフェルトのようなものが敷かれていた。突き飛ばされて前に倒れた美穂子は、床に頭をぶつけても、そのお蔭で怪我はしなかった。

看護師は自分も貨物室に飛び乗ると、素早く内側からドアをバタンと閉じた。飛びこむ瞬間に、美穂子がとり落としたハンドバッグを拾いあげてくるのを忘れなかった。

窓はドアについているのだけ。しかしそこには厚い段ボールがガムテープで貼られていて、覗かれないようになっている。完全な密室である。

看護師は頭を打った衝撃でボーッとしている美穂子に飛びかかると、まずうつ伏せにして両手を背後にねじりあげ、手首を重ねる。

ガチャ。

冷たい金属の感触。手錠をかけられたのだ。

さらに梱包用のガムテープが唇にベッタリと貼られた。これで口に押しこめられたハンカチを吐きだすことができなくなった。悲鳴も助けを呼ぶ声も出せない。

襲撃はきわめて手際がよかった。すべてが前もって準備されていて、念入りに計画を練った上でのこととしか思えない。

地下駐車場の出入り口にはガードマンが詰めているが、そこからは死角。すべてはワゴン車の陰で行なわれたので、誰か通りかかった人間がいても気がつかなかっただろう。それにしても白昼、大胆な拉致《らち》である。

「う、うぐ……」

床に押し倒された美穂子は、看護師がナイフを手に詰めよってくるのを、恐怖に全身を凍りつかせて凝視した。

貨物室のなかは暗い。そのせいか相手はかなりの美女に見えた。

短めの髪に白い制帽、立て襟半袖の制服、白いストッキングにナースシューズ。控えめながら化粧もキチンとしていて、どこから見ても二十代半ばの、健康的な体格の女性だ。そんな看護師がいきなり自分に襲いかかってくる理由がまったくわからなかった。

看護師が単独で凶暴な誘拐を行なう例など聞いたこともない。また、誘拐する対象としても美穂子を狙うわけが理解できない。

(夢を見てるのかしら？　夫の事故の衝撃で頭がおかしくなっちゃったのかしら？)

ナイフを持っている看護師をマジマジと眺めて、疑った。

「何がなんだかわからないのね？　でも、理由はすぐわかるわ」

狙った獲物を完全に掌握した安堵感からか、看護師の口調が柔らかくなった。制服のポケットから黒い布を取りだすと、それで美穂子の顔を覆った。目隠しだ。人妻はたちまち視野も奪われて真っ暗闇に落としこまれた。

「痛い思いをしたくなかったら、騒がないことね。そうしたら殺しはしない」

脅かされたとたん、息子の優《ゆう》のことを思いだした。今父親を失おうとしている少年は、ひょっとすると母親まで失うかもしれない。

(死にたくない！　優のためにも！)

痛切に思った。生きのびるためなら、この看護師の言いなりになろうと思った。

その覚悟が襲撃者に伝わったらしい。

「そう、そうやっておとなしくしているのよ」

膝のところに紐が巻きつけられた。両足をぴったりくっつけるようにして縛られた。これで芋虫のように這ったまま、体を起こすこともできなくなった。

「しばらくそうしていなさい」

看護師は出ていった。美穂子は貨物室に置き去りにされた。

エンジンがかかって、車がガクンと動きだした。

(どこかに連れてゆかれる。誘拐されたんだわ！)

美穂子はパニック状態に陥った。しかし両手両足の自由を奪われ立つこともできない。叫ぶこともできない。

駐車場を出たワゴン車は、二分もしないうちにガタガタ揺れてから停止した。病院から近い場所だ。再び看護師が貨物室に入ってきた。

ほとんど物音が聞こえない。どこか人のいない場所へ連れこまれたのだ。

「では、あんたを料理させてもらうわ」

彼女を横座りの姿勢にしておいて、看護師は獲物を横抱きにした。美穂子の肩甲骨のあたりに女の左の乳房が押しつけられた。弾力のある若々しい乳房だ。

左手で背を抱えると右手を使って美穂子のジャケットの両袖を肩からすべらせた。その下はタートルネックのセーター。看護師の手がそれを大きくまくりあげて白いブラジャーに包まれた豊かな乳房を露わにした。

「いいおっぱいね」

感心する言葉を口にして、今度はスカートの脇のホックをはずし、ファスナーを引きおろす。

美穂子はますます呆然としていた。

（どうして女性が私の服を脱がすの？　この人、レズ？）

同性を襲うレズビアン強姦魔というのが、しかし、この世に存在するのだろうか？　美穂子はそんな事例を聞いたことがなかった。

タイトスカートが引き毟《むし》られた。爪先から脱がす時、パンプスも脱がされた。

下半身を覆っているのは黒っぽいパンティストッキング、そしてベージュのコットン素材のパンティだけだ。日常に穿く、ごくシンプルなデザインのものである。もちろん夫が倒れたことで、今の美穂子には下着のおしゃれなど考える余裕がない。それでも、

（もっと、いい下着を着てくるんだった）

後悔するような、奇妙な感情が湧いた。同時に、

（生理でなくてよかった）

変な安心感までともなってやってきた。

シュパッ。

ブラジャーのカップとカップを繋ぐ部分がナイフで両断された。ただの布切れとなったブラジャーの残骸が投げ捨てられる。

「まぁ、いいおっぱい。子供を産んだとは、とても思えないわね。乳首もまだまだきれいな色して……」

看護師が感心したように言う。その手がギューッと右の乳房を握りつぶしてきた。

「むーうぐくっ！」

乳房は女の弱点だ。情け容赦なく揉まれると脳髄まで痛みが走る。それは男性が睾丸を嬲られるのに似ている。美穂子は体をもがいて苦痛を訴えた。

「うふふっ。少しばかり苦しんでもらうわね。私を昂奮させてちょうだい」

看護師の声は獲物の苦悶を楽しんでいる。ということは相当にサディスティックな性格の持ち主だ。

「さて、こっちの具合を見てみましょうか」

薄いナイロンで包まれた下半身を撫でまわしてくる。

「むー、うっ、うー……」

撫で方に邪悪なものを感じて、美穂子は恐怖におののいた。

（この女、異常だわ。完全な変態……）

自分のような獲物を捕らえるためにワゴン車を密室に改造し、駐車場で罠《わな》を張って待ちつづけていたのだ。そこに相当な偏執狂めいた不気味なものを感じる。単なる遊びとか思いつきでやっているのではない。自分の車の傍に駐車させたのも、病院に入る女性をあらかじめ物色して自分に狙いをつけたに違いない。

「うふっ、ママさん。いいヒップねぇ。パーンと張ってて脂がよく乗ってて……おいしそう。涎《よだ》れが出ちゃう」

いやらしく囁きながら、膝の下で縛っていた紐をほどく。スカートを脱がせてしまった下半身のあちこちを触りまくり、股をこじ開けにかかった。

「うっ、むー……」

しっかりと腿を密着させて抵抗したが、看護師に脇腹を擽られて「ウッ」と驚いた隙にやすやすと股の間に手をはさみこまれてしまった。

「抵抗しても無駄だというのに、言うことをきかないやつ」

看護師が急に声を荒らげた。

「少し痛い思いをさせないとわからないかな」

横抱きにされていたのが、ゴロンと床にうつ伏せ気味に放りだされた。体重で乳房が押しつぶされて美穂子は悲鳴をあげた。それは「ぐぇ」という絞め殺される鶏のような声。

「ケツをあげて！」

後ろ手錠をかけられた美穂子の髪を鷲摑みにして、獲物の上半身を制した看護師が強い、スケ番の少女がドスをきかせたような声で命じた。

「………」

混乱した頭のなかでも命令に従わないと、この女をもっと怒らせることになるという判断はついた。おずおずと美穂子はパンティストッキングに包まれた臀部を持ちあげた。

「こんなもん、邪魔ね」

看護師はパンティストッキングの腰ゴムに手をかけて、グイと乱暴に引きおろした。ついでにヒップと最も女らしい部分を包んでいるパンティも一緒に引き剝いた。

「うっ」

臀部を丸だしにされたのは、さすがにショックだった。看護師は尻朶を広げようとする。美穂子は腰をよじり臀筋に力を入れて抵抗した。

「ふん、叩き甲斐のありそうな、いいケツ」

感想を洩らすと、看護師は平手で力まかせに臀丘を叩きのめした。

バシッ。

大きな音がして、強烈な衝撃と苦痛に美穂子は頭をのけ反らせて苦悶した。

「むぐー！……」

「おとなしく言うことをきかない罰よ」

看護師は何度も何度も、強烈なスパンキングを美穂子の豊満な臀部に浴びせた。

ビシッ、バシッ、ビシッ、バシッ。

そのたびに目隠しされた暗黒の視界に火花が散った。

こんな苦痛は、かつて味わったことがなかった。優を出産した時よりも我慢できなかったような気がする。

「ううぐくっ、うぐうがふがふうむぐ」

海老のように体を曲げて、なんとか強烈な打撃を逃れようとしたが、看護師の力はとてつもなく強い。押さえる腕の力も叩きのめしにくる腕の力も、とても女とは思えないほどだ。

何十発叩かれたことだろう。

実際は二十発か三十発ぐらいなものだったようだが、その時の美穂子にとっては、百発にも千発にも思えたような、苦痛に満ちた臀打ちだった。

「あーあ、手が痺《しび》れちゃった」

ようやく看護師は美穂子に対するスパンキングを終えた。その時は臀部が違ったものになっているような気がした。まるでそこに火がついてボウボウと燃えているような熱さ。下半身はまったく力が抜けてしまっている。頰から顎にかけて溢れでた涙でぐしょぐしょだ。

「どう？　少しは応えた？　私に逆らわないことね。無事にこの車から出たかったら。わかった？」

美穂子は必死になって頭を縦に振った。

「よしよし。じゃあ、じっくりここを点検させてもらいましょうか」

膝の縄がほどかれ、引きおろされていたパンティストッキングとパンティが、片方の足から引き抜かれ、もう一方は足首のところにからまった状態。看護師はうつ伏せの美穂子の臀部をさらに持ちあげさせると、グイと股をこじ開けた。

カチ。

何か金属的な音がした。ふいに目隠しのほんのわずかな隙間から光が飛びこんできた。

（室内灯！）

しっかりと扉を閉めた貨物室のなかは、ひとつだけあるドアに開いた窓も段ボールで蓋をされたようになっていて、そこの隙間から差しこむわずかな光だけが、ものの形を輪郭だけボウッと浮かびあがらせる程度だった。看護師は美穂子の肉体の一番秘密にしておきたい部分を見るために、天井についているルームランプを点灯したのだった。

（いやッ！）

激しい羞恥に思わず股を閉じる。

「広げておけ！」

また強烈な平手打ちを浴びせられた。

「うぐー……」

苦悶しながら美穂子は股の力を抜いた。荒々しくこじ開ける手。ルームランプの光は美穂子の成熟した性愛器官をすべて照らしたに違いない。

「わりと見られるおまんこだね。ビラビラもそれほどはみだしてないし、黒いところも少ない。なかはまぁ、綺麗なことだし……どれどれ」

いきなり指が秘唇を広げた。
（キャッ）
本能的に股を閉じようとしたが、もう腕ごと股間にがっちりと差しこまれていて、閉じようがない。

「あらあら、これは驚いた。濡れてるじゃないの。洪水……」

看護師が驚いたような声を出した。

（えっ、お洩らししたのかしら⁉）

濡れていると言われて、美穂子はとっさにそう思った。点検者もそう考えたのか、

「どれどれ」

秘膜の部分に触れてきた。

「うっ」

夫と医師にしか触らせたことのない部分を無遠慮に指がまさぐる。

「これは……おしっこじゃないわねぇ」

看護師が呟いた。

（そんなバカな……）

美穂子は動転した。尿でなかったら……それは、愛液でしかない。

「愛液みたいねぇ」

看護師がまた呟いて、クンクンと鼻を鳴らした。美穂子は自分の秘部の匂いを嗅がれる屈辱に目隠しされた頬が真っ赤になるのを覚えた。

（嘘だわ。どうして愛液が⁉）

信じるわけにはゆかなかった。こんなひどい目に遇わされて、どうして自分の肉体が愛液を分泌するのだろうか。

「不思議ねぇ……」

看護師は執拗に秘部粘膜をまさぐる。

「む、うっぐー……」

敏感な部分をまさぐられる美穂子は猿ぐつわの奥で熱い息を噴きこぼしていた。同性に秘部を見られ、触られる屈辱と羞恥。脳の芯が痺れてしまって体が自分のものではないようだ。

「あらあら、またこんなに溢れてきてしまって……。えーっ、どうなってんの？」

看護師は嬉しそうな声を出した。

（わ、私、どうしちゃったの？）

その頃はもう、美穂子も自分の肉体の異変に気がついていた。驚くほど大量の愛液が溢れて会陰部、鼠蹊《そけい》部、内腿を濡らしているのが自覚できた。そして子宮は疼いているのだ。腰がビクンビクンと自動的に震えてしまう。

（そんな……もうー、信じられないッ）

このワゴン車の貨物室のなかで感じたのは恐怖、屈辱、羞恥、苦痛……。優しい抱擁、愛撫、接吻、睦言《むつごと》などの、性的に昂奮するようなことはひとつもなかった。なのにどうして美穂子の子宮が熱く燃えて、秘部は失禁したように濡れているのだろう。

「ということは、あなた、マゾの気があるんじゃない？　そうでしょ」

看護師が推測して、その結果を口にした。

（私がマゾ⁉　そんなバカな！）

美穂子は呆然として彼女の声を聞いていた。サドとかマゾとか、そういう変態と自分と関係があるなどと、一度も思ったことはない。事実、これまでの夫婦の営みが倒錯的な色彩を帯びたことは一度としてなかった。

「でないと、説明できないものね」

そう言いながら、看護師の指は美穂子の性愛器官を責める。責めるといっても膣口から奥へは侵入せず、前庭の部分と、その上の秘核を撫でるだけだ。だが、やはり女同士だ。そんな単純な愛撫でもズキーンと脊髄から脳髄へと快美な感覚が突き抜ける。

「むー、うぐくう、ふぐ……ッ」

呻きながら腰を淫らに振ってしまう。

「そうかそうか。それなら話が早いわねぇ。しかしまぁ、感度がいいこと。ほら、じゃあ一回イッてみようか」

看護師はそう言い、指をさらに巧みに小刻みにリズムをつけて動かした。

「うあ、あぐくっ、むーうぐっ！」

ビーンと脳髄に電流が走り、目隠しされた闇にピンク色の閃光が爆発した。

「ウッ！……」

美穂子の体がビクンと跳ね、二度、三度と断続的にうち震えた。

「あはは、イッたわね。これはすごい。マゾの奥さん」

看護師の勝ち誇った声。美穂子は余情にわななきながら、しばらくぐったりと脱力していた。自分でもなぜこのように昂奮しているのか、まったく理解できずに……。

第五章　恥虐の車内監禁

「これで終わったわけじゃないのよ。あんたは楽しんでも私はまだなんだから」

イカされた美穂子が我にかえる前に、看護師は後ろ手錠をはずした。あっと思った時は、ジャケットとセーターを脱がされて全裸にされていた。

貨物室の四周には厚いフェルトが貼られていて、特に床のそれはかなり厚いものなので、そうやって全裸で転がされていても特にどこかが痛いということはなかった。たぶん、このなかに獲物を連れこんで犯すために、最初からそういう内装にしたのだろう。しかし、今、外にいる誰かが、このデリバリーワゴン車を見て、それが誘拐のために用意された車で、貨物室のなかで女性が裸にされているなどと想像するだろうか。配送専用ワゴン車など街中ではありふれた車だ。どこかの業者が配達に来たと思って見すごすに違いない。

畳にしたら三畳と少し程度の空間に、美穂子の体臭と熱気が充満していた。

全裸にされた美穂子は、今度は体の前で手錠をかけられた。玩弄されてオルガスムスを味わわされたことと、全裸にされてしまったということで、美穂子の体からは抵抗の気力も助けを求める気力もまるでない。

それを見透かしたように、看護師はまず目隠しをとり、彼女の口を塞いでいたガムテープを剝ぎとり、口のなかに押しこまれていた、唾液をたっぷり吸ったハンカチを取りだしてやった。

一糸纏わぬ姿の熟女をフェルトの床にひざまずかせる。

「…………」

微笑を浮かべたまま、看護師は美穂子の前に仁王立ちになった。

ゆっくりと白衣の裾をたくしあげてゆく。白いナイロンに包まれた形のよい脚線が膝のずうっと上まで露わにされてゆく。

（クンニリングスを強いられる……）

命令されるまでもなく、次に要求される行為が理解できた。

同性の秘部を舌で刺激することなど、今まで一度としてやったことがない。自分がまさかそのようなことをやるなど考えたこともなかった。それを強いられる屈辱の念と嫌悪感が湧きあがる。目から涙が溢れた。

看護師は手にナイフを持っていて、冷たい刃でピタピタと美穂子の頰を叩いた。

「何をするのかわかってるわね、きれいなママさん。変な気を起こしたら、二度と家族には会えなくなるわよ。さあ……」

ふだんなら考えただけで吐き気を催すような行為だが、そのことに自分の生死がかかっているとなると、抵抗する気持ちは消えた。一刻も早く彼女の望んでいることをすませて解放されたかった。

(あの人のため、優のため……)

美穂子は決意して手錠をかけられた両手を前に伸ばした。

看護師のワンピース式制服はすっかりたくしあげられて、パンティストッキングの股の部分まで露出されていた。白いナイロンの下に、驚いたことに赤いパンティを穿いている。

(看護師のくせに赤いパンティだなんて……)

パンストとパンティを脱がすために腰ゴムに手をかけようとして、初めて美穂子は気がついた。パンティに包まれた彼女の股間が隆起している。恥丘のふくらみではない。

(えっ、これは⁉)

しばらく呆然としてその隆起を眺めていた。

「ふふっ、どうしたのよ。私のクリちゃんが大きすぎる？」

「あの、これ……」

美穂子の当惑は極限に達して、言葉も出てこない。

「バカね。これが珍しいというの?」

看護師は美穂子の手を持って自分の股間に押しつけた。パンストとパンティごしに、間違いようのない脈動と熱が感じられた。固い、膨張する肉。

(これって、ペニス⁉)

看護師の穿いているパンティは、極めて伸縮性のあるスパンデックスという合成繊維をナイロンと織りこんだ弾力性のあるもので、ソフトガードルの役割も果たしているタイプだ。

それによって強く器官は押しつけられていた。上に何か着てさえいれば男性器の存在はわからなかったわけだ。

「そんな……」

息を呑み目を丸くしている美穂子。襲撃者はその頬を軽く平手で叩いて正気づかせた。

「ほら、早くしないとザックリ切るよ」

そう言う声も、今は女を装った男のものだとハッキリわかる。

目の前にいるのは、女装の強姦魔だったのだ。

(信じられない……)

それにしては、あまりにも見事な変装ぶりだ。どこから見ても女だ。股間さえ見なければ、美穂子は最後まで彼女が真に女性だと信じて疑わなかったことだろう。

女に化けていたら、怪しまれることなく、狙った女性に接近しやすい。性的誘拐とか強姦というのは男の犯罪だから、女性が犯行現場にいても誰も気に留めない。

「こらこら、いつまでもボーッとしてないで、まず私のパンストを脱がせるのよ。でないと奉仕できないでしょう」

強姦魔が命じた。

今度は新たな恐怖が美穂子を支配した。

女装する男性は変質者だという思いこみがあった。だから何をするかわからない。それに、女性よりも男性のほうがなおさら危険だ。

美穂子はあわててパンストの腰ゴムに手をかけて白いナース用のパンストを膝まで引きおろした。

腿の皮膚はなめらかで、美穂子の肌と負けないぐらい白い。固い筋肉も感じられず、丁寧に剃りあげたのか脱毛処理をほどこしたのか、脛にもまったく体毛がない。もし目を閉じてこの男の脚に触れたら、男性だとはわからないだろう。

ウエストのくびれから腰のふくらみも、女性特有のカーブを描いている。看護師の制服の胸は乳房の存在を示している。その感触をさっき肩甲骨のあたりに味わった。

それなのに、赤いガードル兼用の下着に包まれた股間だけが、こんもりと盛りあがって全体の女性美を裏切っているのだ。

美穂子の手でパンストを爪先から脱がせてもらった強姦魔は、にんまり笑いながら命じた。

「キスしなさい。最初はパンティの上から」

見ているうちに、不思議と嫌悪感が薄れた。

外見は女性で、その実体は男性。何か見事な手品を見せられたような気がする。

腹部や股間も、まだぴっちりした下着に覆われているせいもあるが、男性の不潔さが感じられない。それにコロンか何かの芳香さえ鼻を擽る。

「…………」

美穂子は不思議なときめきさえ感じながら、その隆起に顔を近づけて先端のあたりに唇を押しつけた。

「手も使って、全体的に奉仕しな。うまくやらないと、今度は一週間ぐらい座れないほどケツをぶっ叩いてやるからね」

強姦魔は言い、腰と下腹を突きだすようにした。

美穂子の唇が赤いパンティの上から輪郭をなぞるように這った。舌を押しつけて刺激した。

こんなことは夫にもしてやらなかったことだと思いながら、下着の上から睾丸の部分や肉茎の部分を揉んだ。

　もし武術や護身術の心得がある勝ち気な女性なら、完全に男性の弱点を晒けだしている強姦魔の急所を握りつぶすなり嚙み切るなどのことができたかもしれないが、美穂子にはそんなことは思いも浮かばなかった。もちろん、相手はナイフを手にしているから、自分もひどく傷つくに違いない。

（えーっ、すごく固い。そしてまだ大きくなる。ズキンズキンいって……）

　伸縮性に富んだ合成繊維を内側から押しのけるようにして、肉のふくらみの部分が隆起してくる。それが唇と指に感じられた。明らかに女装の強姦魔は美穂子の与える刺激に反応して昂っている。

（ということは、この器官で犯されるのだ）

　そう思いあたると、身震いがきた。

　美穂子は躾けの厳しい家庭で育ち、二十一歳で今の夫と結婚するまで処女だった。

　結婚後も一度として夫を裏切ったことがない。つまり彼女は夫以外の男性を、夫以外のペニスを知らなかった。

　自分がこうやって布ごしに唇や舌で刺激を与えているのは、まだ生きている夫を裏切るために行なっている行為、自ら凌辱を願う行為に他ならない。

（でも、生きのびるためには仕方ない。優のためにも……あなた、許して）

美穂子は心のなかで夫の文雄に詫びた。

しかし一方では、夫のそれより固く逞しい器官に圧倒され、魅惑されている自分にも気づいていた。

どう考えてもひとまわり大きい。まだ完全な勃起とは思えない。そうしたら、どれだけ膨張するものか……。

（この人が異常に大きいのかしら？　それとも？……）

夫の体しか知らず、子育てに追われて必要以上に性的な興味を抱かなかった人妻の胸に好奇心が湧き起こった。

文雄は一流大学の経済学部を卒業した秀才だった。肉体的には小太りのほうで、三十歳頃から腹部にぜい肉がつき、最近は全体的にたるんだ脂肪で覆われていた。

ペニスは常に包皮で覆われていて、勃起すると亀頭が半分ほど露出した。つまり仮性包茎なのだが、本人はそれを気にしていなかったようだ。無知な美穂子も、それが正常なペニスだと思ってきた。ふだんは縮こまって陰毛の底に隠れるような感じで、最後の頃は美穂子が手指と口で刺激してやって、ようやく勃起するという具合だった。美穂子は、男も四十代半ばをすぎるとそうなるのだろうと考えていた。

性欲はそう強くなく、セックスの営みも淡白なほうだった。それは過酷な頭脳労働と対人関係に神経をすり減らしていたからかもしれない。実際、脳内出血で倒れる前の半年ほどは、ほとんどセックスらしいセックスはなかった。

美穂子はそんな夫に慣らされてしまったせいか、旺盛な性欲に悩むことは少なかった。オナニーで処理する必要もなく、不満を抱いたことはかつてなかった。しかし、自分では気づいていなくても健康な人妻の肉体にはセックスの欲望が眠っていて、そのせいで女装強姦魔の乱暴な行為に敏感に反応し、昂奮させられてしまったのかもしれない。

いずれにしろ、無理やりという形で強姦魔のペニスに布ごしの性器接吻を強要されている美穂子の子宮は、クリトリスの刺激でイカされただけではおさまらず、また溶鉱炉のようにカーッと熱く煮えたぎり、膣口からトロトロ溢れる愛液は腿を濡らしている。

「じゃあ、パンティを脱がしてちょうだい」

その声を待ち兼ねていたように、しかし、怖いもの見たさという気持ちも半分で、美穂子はおそるおそる赤い布切れを引きおろした。まず後ろの布を引いて臀部のまるみを剝きだしにしてから、今度は前のほうを引きさげる。

「あー……」

思わずバカみたいな声を出してしまった。

美穂子の目の前に、ぴっちりと締めつけるガードル兼用のパンティの拘束を脱した男性の欲望器官が、まるでバネ仕掛けのように飛びだしてきたからだ。

ブルン。

そんな感じで揺れながら天を睨む巨根。美穂子は目を丸くして、しばらくは声も出なかった。夫の器官とはあまりにもかけ離れたサイズと外見だったから。

夫のは先端の包皮が剝けるとピンク色だったが、この女装強姦魔のは赤い。それも赤紫色に近い。尿道口から滲《にじ》みでるカウパー腺液でまぶされたそれはテラテラと光り、発射を待つ核弾頭のような不気味さで美穂子に迫ってくる。

それにつづく肉茎も、美穂子が握る掌にあまる太さだった。褐色を呈し、太い血管が浮きだしている。

陰毛はどういう理由か知らないがきれいに剃られていた。睾丸はやや灰色がかった色で、ギュッと引き締まって固い。その全体は女を犯すという機能のためにデザインされた簡潔さで、勃起の極限にあってもまだ柔らかかった夫のそれとは、迫力がまったく違う。

「おやおや、人妻のあなたがこういうの見るの、初めてじゃないでしょう。ほら、こいつをもっと大きくするのよ」

自分の股間に屹立するものを見て圧倒されている熟女を、嬉しそうに見ながら、白衣の裾をたくしあげている強姦魔が声をかける。

「…………」

美穂子は唇をおそるおそる濡れた亀頭へと近づけた。

手錠をかけられた両手で茎部をうやうやしく捧げ持つようにして、先端に接吻した。

全体に亀頭を味わうように舌で舐めた。透明なカウパー腺液で濡れているそれに対する嫌悪感はまったく感じなかった。何か宝物を清めているような感覚さえ味わう。

その瞬間、美穂子は女装強姦魔の欲望器官に完全に魅了されてしまっていたのだ。

凌辱されるために拉致されたという事実など忘れた。全裸にされ手錠をかけられていることも。

目の前の牡そのものを象徴する肉を頬ばり、しゃぶり、吸った。それが刺激に応じてさらに膨張してくるのが感じられた。

(信じられない……この人のが異常なのかしら？　それとも夫のが小さい？)

そう訝りながら、掌で睾丸をくるみ揉んだ。

「そう。うまいよ、奥さん。感じてくるじゃないの。あー……」

正体を暴露しても女言葉を失わずに、美穂子の黒髪を摑みながら、腰を突きだして美人人妻の口腔を積極的に凌辱する。

隆々と、夫の二倍はあるかとさえ錯覚する肉のピストンが、ビチャビチャと淫靡な音をたてながら透明な美穂子の唾液に潤滑され、唇を口腔を前進し後退する動きを繰りかえす。

「ああ、そう、そうだよ。ずっと良くなった。そう、喉の奥まで行くからね」

もはや犯すという一方的な行為ではなく、強姦魔と美穂子の共同作業になってきた。あとで考えてみても、美穂子がフェラチオという行為をこんなにも楽しんだのは、その時が初めてだった。

ふいに頭を後ろへと押しやられ、ペニスを引き抜かれた。

(あー……)

強姦魔に快感を与える行為を中断されて、美穂子は欲求不満さえ覚えた。

「こいつを下の口に入れてやるよ」

看護師の制服を脱ぎながら強姦魔が言った。

まずワンピースの白衣を、次に白いキャミソールを脱いだ。膝にからまったパンストと赤いパンティを足先から引き抜く。そこまで脱いでも、まったく女そのものの肉体なのを、美穂子は賛嘆の念をこめて見あげていた。

最後に胸を覆っていたブラジャーがはずされた。

「！…………」

てっきり何か詰め物をしたブラだと思っていたのだが、予想を裏切ってそこにはこんもりと隆起した二つの白い丘があった。

美穂子のほど豊満ではないが、少しのたるみも見せていない形のよい乳房だ。ほんのり赤みを帯びた乳暈の中心に野苺のように勃起した乳首が薔薇色を呈している。どう見ても女性の、ほんものの乳房だ。

（この人は、男と女が一緒になって生まれてきた両性具有者ではないのかしら？）

一瞬、そんなことさえ思ってしまった美穂子だ。

「このおっぱいはね、手術で作ったの。高かったのよ」

強姦魔は簡単に美穂子の想像を覆して、全裸の肢体を低くした。

床のフェルトに臀をつけ、側壁のフェルトに背をもたせるようにして上体はやや斜め、両脚は揃えるようにして前に投げだす。股間の屹立はほぼ直角に天を睨む角度だ。

「またいで」

そう言われて、どのような姿勢で凌辱されるか、美穂子は悟った。騎乗位だ。

自分の体重の重みでペニスに自分を貫かせるのだ。

（怖い……入るかしら）

誘拐されて女装強姦魔に犯されるという屈辱よりも、まずそのことに対する恐怖心が美穂子を襲った。

「ほら、早く」

頬に平手打ちを食って、あわてて腿をまたぐ。強姦魔の頭と顔がすぐ目の下にある。腰を両手で抱えられた。

(この髪、カツラじゃない。自分のを伸ばしたんだわ。それにしてもシナシナして柔らかそうだわ)

そんなところに感心してしまった。下腹部の一点をのぞけば、あとはどこを見ても触っても女の肉体。まるで夢を見ているような気がする。

それにしても、近くで見ても凄艶な美女ぶりだ。瞳は大きく鼻はツンと尖り、頬はふっくらしている。女優にしてもいいような、メリハリのきいた美貌なのだ。

(これも整形なのかしら?)

その疑問には答えず、

「ほら、腰を沈めて」

開いた股間、秘唇のあわいに濡れた亀頭があてがわれた。

「あ……」

美穂子の恐怖を察知して強姦魔が唇の端を歪めるような微笑を浮かべた。

「こんな太いの、初めて？　大丈夫よ、赤ん坊を産んだ体でしょうが」

腰を摑んだ手が彼女の裸身を下へ、自分の屹立する器官へと押しつけた。

「うっ、あっ……ああー」

「ほら、入っていく」

そそり立つ肉の先端部が濡れそぼる秘膜を押し分けて愛液をしたたらせている膣口へとめりこんでいった。

「いいーあうっ、おおお」

両手に手錠をかけられた裸女は、女装強姦魔の体をまたいだ姿勢で白い喉を見せてのけ反り、全身をうち震わせた。夫の倍はある器官がすっぽりと彼女の性愛器官に嵌めこまれた。

「ほら、入った」

強姦魔——今はペニスを持つ両性具有的な人工美女は、冷やかな笑い声をあげて、ゆっくりと腰を突きあげて、美穂子の乳房とヒップを揺らしはじめた。

途中、人工美女はこう囁いた。

「おまえのなかに出すけど、安心していいよ。妊娠はしない」

その時はもう、美穂子は支離滅裂なうわ言を吐き散らす状態だった。

先に何度か、すさまじい爆発的なオルガスムスを味わってしまったので、いつ彼女――美穂子からみればどうしても女――が射精したのかは気がつかなかった。

気がついた時、美穂子は全裸のまま貨物室の床に横たわっていた。

精液の匂いを確かに嗅いで、ティッシュペーパーが散らかっていたから、確かに強姦魔は彼女の肉奥に牡のエキスをほとばしらせたに違いない。

人工美女の強姦魔は、満足そうな笑みを浮かべて彼女を見守っていた。

「すごい感じる女だね、あんたは。何回イッたと思う？」

美穂子は真っ赤になった。起きあがろうとしても下半身に力が入らない。

「気絶しちゃったんだよ。すごい潮を噴いて。ほら、ここらへんがびしょびしょ。こんな体の熟女に出会ったのは初めて」

強姦魔はいきなり彼女を抱き起こすと、そのまま彼女に接吻した。舌をからめた濃厚なディープキス。それだけで美穂子はまた宙に浮いたような気分になった。

「ふふ、あんたは満腹かもしれないけど、私は違うのよ。もっと楽しませてもらう」

両手の自由を奪っていた手錠が小さな鍵ではずされた。

美穂子の抵抗する意志を完全に消滅させたという自信からだろう。

「もう一度、お口で奉仕するのよ」

さっきとは逆に、美穂子が臀を床につけ側壁に背をもたれさせて、股を広げた姿勢をとらされた。そうすると膣に残っていた精液がトロトロと溢れでてくるのが感じられた。

（完全に犯されてしまった……）

悲しみも悔しさもなく、美穂子はごく自然に事実を受け入れた。

どこかで何かがふっきれてしまっていた。本来の牝の部分が剝きだしになったというか。

全裸の強姦魔は彼女の前に脚を広げて仁王立ちになり、やや萎えているものの、まだまだふつうのサイズよりひとまわりも二まわりも大きい、水平より少し俯いた肉茎を突きつけた。

「…………」

美穂子は口をOの字に開けて、それを含んだ。

強姦魔は最初は静かに、それから次第にスピードをあげて、喉奥まで達する抽送を行なった。美穂子は強いられる前に手で肉茎、睾丸、会陰部、さらに要求されると、肛門までを愛撫した。すべて綺麗に剃毛されていて、肛門に触れるのも抵抗がなかった。夫のそれは肛門の周囲まで剛毛が生えていて、彼女は一度として触れたことがなかったのに。

再び驚異的な勃起が開始した。彼女の口のなかでいっぱいに膨れあがったもののために、何度か美穂子はむせかえった。

「今度は後ろから犯してやる。四つん這いになれ」

そう命じられると、まるで待ち兼ねたようにその姿勢をとった。

後背位での凌辱は長くかかった。その間に美穂子は愛液をしたたらせ、突かれるたびに「うああぁッ」というよがり声を吐き散らした。

また何もかもわからなくなった。

「本当に感じる人だねぇ。それともよっぽど飢えてたのかな。私もたっぷり楽しませてもらったけど、あとをひく感じだねぇ」

二度目の凌辱を終えると、味わいつくした獲物に服を着せながら女装の強姦魔は笑った。

車から降ろされた。

駐車していたのは建物を壊して整地したがまだ建築ははじまっていないという、かなり広い工事現場だった。鉄骨などの資材が置かれた陰で、通りからは目につかないところ。もちろん、誰かが近寄ることもない。犯行は完璧に下見をしたうえで実行されたのだ。

「病院はその道路を左に曲がっていったところ。歩いてもすぐだよ」

道を教えてから、

「人には言わないほうがいいよ。信じちゃくれないから」

軽く手を振って、何事もなかったかのようにデリバリーワゴンへ戻り、運転席に乗りこんだ。あっという間にそれは駐車場から走り去っていった。

美穂子が最初にしたことは、バッグから煙草を取りだし、それに火を点けたことだった。

「へぇー、そんなことがあったの」

甘美な秘膜責めの拷問で美穂子に告白させた樹里は考えこむ表情でうなずいた。美穂子自身、こんな話をして信じてもらえるか自信がなかったが、樹里はすべてを信じたようだ。

「それで、警察にも誰にも言わなかったのね」

「ええ……」

細い声で答えた美穂子だ。看護師の制服を着た、どこから見ても女性としか思えない強姦魔に襲われて、車のなかで失神するまで、二度も犯されたとは警察にも言えるものではなかった。

(私はあの瞬間、瞬間を楽しんでいた。ということは強姦にはならない……)

自分を責める気持ちが湧いてきた。

夫が死線をさまよっていて、警察や誰かに訴えたり相談するどころではなかったということもある。

夫の文雄は、発作から十日目、ついに意識をとり戻すこともなく逝った。その直前、妻が、彼が決して与えられなかったこの世のものとも思えぬ快楽を味わったことを知ることもなく。

葬儀のあと、美穂子を襲ったのは、深い虚脱症状だった。

原因は二つある。

ひとつは家庭を支えてきた夫を失ったこと。

もうひとつは、自分の肉体の底に、あれだけの快楽を味わう能力が潜んでいて、夫とのそれまでの性生活の貧しさに気づいたこと。

貞淑と淫蕩《いんとう》。二つの価値が美穂子のなかでせめぎ合った。

正直言って、夫を失ったショックよりも、自分の肉体の神秘に気づかされたことのショックのほうが大きかった。

もちろん、夫を失ったばかりの未亡人が、性のことを考える罪悪感は、やがて強く襲ってきた。彼女は文雄が生死の境をさまよっている時、性的歓喜の絶頂で失神してしまったのだ。

（あれは悪い夢だったんだ。夫が倒れたショックで精神的におかしかったから……何かの間違い）

自分にそう言いきかせて忘れてしまおうと努めた。

「で、忘れられたの？」

後ろ手に縛った熟女の裸身を愛撫し、時に軽く接吻したりしながら樹里が聞いた。彼女はその答えをとっくに知っている。

「だめ。だって、あの人……強姦魔はまた来たんだもの」

夫の葬儀が済んで二週間たった頃、十国銀行の工藤部長が人事部の係長と訪ねてきた。死亡退職金のこととか、職場の私物の扱いのこととか、細かい始末のこともあったが、工藤の用件は、美穂子に補助行員として元の職場に復帰することを勧めるためだった。

夫の生命保険金、死亡時退職金、会社からの見舞金などで、息子の優との二人の生活は、いくらか厳しくはなるものの保証されていたが、家に閉じ籠もっているよりも、社会に出て仕事をしたほうがいいのではないか、というのである。

美穂子はその勧めを受け入れた。

今の彼女の仕事といえば、ひとり息子の優の面倒をみることだが、中学一年の少年は、もう親の手をさほど必要としていない。

彼は父親の死というショックにあまり打ちのめされず、虚脱症状にある母親をかえって励まし、面倒をみるぐらいであった。

(よかった。優が元気でいてくれて……)

美穂子はしみじみ、そう思った。

思えば手のかからない子で、今は私立男子校に通い、サッカー部で活躍している。高校進学も、中高一貫教育なので、よほど悪い成績をとらない限り心配することはない。

「では、仕事をはじめるのは四十九日がすぎてからということで……」

工藤と人事部の係長は、話を終えて立ちあがった。

「しかし、司くんもこんないい環境に家を建てることができて、よくやったなぁと思いますねぇ」

工藤は去り際、一介のサラリーマンにはなかなか手に入れられない、高級な住宅地の一画に居を構えた文雄を賞賛する言葉を口にした。

「はあ、私もここを買う時は心配だったのですが、親族の方から遺産の分配があったとかで、なんとか資金のやり繰りがつきまして……」

「そうですか。それは運がよかった。私なんか一生かかっても無理でしょうからな」

その口調はお世辞ではなかった。確かに美穂子の住む夢見山市田園町は政財界の名士、有名人も多く住む、首都圏では有数の高級住宅地として知られるようになっていた。

工藤と係長は、門の前に停めてあった黒いハイヤーに乗りこんだ。遺族の訪問ということで工藤が手配したのだろう。人事の係長ではハイヤーは乗りまわせない。

門に立って工藤たちを見送り、家に入ろうとして振り向いた美穂子は、一瞬、自分の目を疑った。

白い、シンプルなデザインのデリバリーワゴンがいつの間にか背後に駐車していたからだ。運転席から一人の女が降り立った。

黒いスーツを着こなして、ストッキングからハイヒールまで黒。喪に服する家を訪ねる公式の装いをした女は、黒いサングラスをかけてはいるものの、間違いなく病院で彼女を拉致した、あの女装の強姦魔だった。

「あっ」

美穂子はその場に凍りついた。

このワゴン車の荷物室で受けた仕打ちのすべてが一瞬のうちにまざまざと脳裏に甦った。

「ふふっ、お久しぶりね。ご主人が亡くなったから、こういう格好で来たわ」

歩み寄った突然の訪問客。美穂子も客を迎えるために黒いワンピースを着ていたので、喪に服している未亡人と、それを慰めに訪ねた知人か誰かと、第三者の目には映ったに違いない。

「…………」

美穂子は周囲を見渡した。助けを求めるにも午後の高級住宅街には通行人の姿さえない。

「ど、どうして……」

美穂子は後ずさりした。その肩をなれなれしく叩いて強姦魔は言った。

「あなたが失神してる間に、バッグのなかを見せてもらったの。だから、今ではあなたのことはすっかり知っているわ。司美穂子。二十日前、脳内出血で倒れたご主人の文雄さんを亡くされた未亡人。でも、あの様子じゃとても体が疼いて仕方がないでしょう？　だから慰めてあげに来たのよ。さあ、入りましょう」

穏やかな口調の陰に有無を言わさぬ脅迫する意思が秘められていた。

美穂子は完全に圧倒されて、腕を掴まれたまま玄関まで連れてゆかれた。それもまた第三者から見れば、悲しみに打ちひしがれた未亡人を支えているように見えたことだろう。

「やめて！　帰ってください。お願い！　息子がいるんです！」

玄関に突き入れられると、必死になって美穂子は哀願した。

「知ってるわよ、優くん。夢見山英和大付属中一年。今は学校で、サッカー部の部活があるから、帰るのはいつも六時すぎ。まだまだ時間はたっぷりあるわよ」

では、この女装者は美穂子のことなら、すべてを調べあげたのだ。

（強姦魔！　変質者！）

サイコ映画で見たさまざまな変質者、倒錯者のことが頭に浮かんだ。

（逆らったら殺される）

そんな恐怖が美穂子をすくみあがらせた。

「さあ、知らない仲じゃないんだから、そんな顔して睨むこと、ないでしょう。あなたに悲しみを忘れさせに来たのよ。さっ、寝室へ案内して」

「寝室？」

呆然とする美穂子に向かって、婉然《えんぜん》と微笑みかけた女装美女はおもむろに玄関ドアの内鍵をかけた。

「私が何をしに来たと思ってるの？　まぁ、寝室がいやなら居間だろうが玄関だろうがかまわないけど、隣近所にあなたがギャーギャー泣きわめく声が聞こえたら困るんじゃなくて？」

「そ、そんな……」

思わず真っ赤になってしまった。

「じゃあ、おとなしく言うこときくのね」

いきなりグイと後ろを振り向かされ、あっと思った時は右手を後ろにねじりあげられていた。

「あっ、痛いッ。やめて」

「だったら、さっさと案内しなさいッ」

すごい力だ。やはり男なのだ。体力ではまったくかなわない。美穂子は突然の訪問者の言いなりになって寝室に導くしかなかった。

美穂子の家は一階に居間、亡夫の書斎兼応接室、夫婦用の寝室、ダイニングキッチンがあり、二階に優の個室と客用の和室、納戸がある。

寝室に入ると、女装者はリラックスしてサングラスをはずした。印象的な美貌が現われた。相変わらず、男性とは思えない妖麗さだ。特に今日は、この前のような看護師の制服ではなく、フォーマルなワンピーススーツに黒いストッキング、喉もとにはエルメスの臙脂《えんじ》がかったスカーフを巻いていて、華やかな印象が強い。たとえば女優、たとえばテレビのニュースキャスター、たとえば有能な秘書のような。

「さて、ここならゆっくり未亡人の慰問ができそうね」

喉もとに巻いていたシルクのスカーフをサッとほどくと、それを対角線上に折りたたんで紐状にして素早く美穂子の手首を縛ってしまう。今日は刃物を持ちださないが、それでも用心しているのだ。

　ドンとベッドに向けて仰向けに美穂子を突き倒した。めくれたスカートの裾からパンストに包まれた太腿が露わになった。

　上からのしかかってきた強姦魔が、スカートの内側に手を入れてパンストを引き毟るように脱がせてしまう。

「キャッ、やめてください」

　暴れもがく美穂子。

「やめられるわけがないでしょう。こんなにいい体の熟女と出会ってしまっちゃ。あの時も、あとをひくって言ったけど、実際、あんたの泣き声よがり声が忘れられなくてね。はるばる住所を探してここまで来たんだから、努力を買って欲しいわね」

　脱がせたパンストを縒《よ》って紐状にして、それで足首を縛ってしまった。これでジタバタすることもできない。そのままゴロンと仰向けにされた。

　すぐに犯されるかと思ったが、この前と同様、女装の強姦魔は憎らしいほど落ちついている。確実に手中のモノにした年上の女をベッドの上に置き去りにしたまま、寝室のカーテンをひいた。窓から覗かれることを警戒してのことだ。部屋のなかは薄暗くなる。

　寝室を出ていったかと思うとあちこちの部屋を歩きまわる気配がした。念の為に家のなかを点検しているのだ。その用心深さに美穂子は感嘆した。

しかし、ドス黒い疑念が胸中を渦巻きはじめた。

(いったい、なぜ私のことを丹念に調べて、家にまで押しかけてきたのかしら？　恐喝か何か、もっと悪いことを私に要求しようというの？　あの時、やはり警察に届けておくべきだったかしら？)

心臓がドキドキいって呼吸が自然に荒くなる。恐怖心からばかりではない。

後ろ手に縛られたことで、あのワゴン車のなかで受けたさまざまな仕打ちの数々がいやおうなく思いだされたからだ。

実を言えば、夜、一人で横になっている時など、フッと自分で後ろに手をやり、縛られたような姿勢をとってみたことが何回かあったのだ。

やがて戻ってきた時、強引な侵入者は片手にビールの缶を手にしていた。

「暑い日ね。ずっと車のなかにいたら喉が渇いちゃった」

ひと口呑んでフーッと息をつく。

「こないだは自己紹介するのを忘れたけど、私の名前は亜梨紗《ありさ》というの」

どういう字を書くかまで説明してから、何も言えず震えている未亡人に婉然と微笑みかけた。

「説明するまでもなく、私の体は男。それはよく知っているでしょう？　セックスするのも女が好き。どうして女の格好して、おっぱいまで整形してるか不思議でしょ？　そうね、女が好きだから体まで女になりたくて、こうやっていると言ったらいいかしら」

「それじゃ……あの、お、男は好きじゃないんですか？」

つい好奇心が湧いて、震えながら聞いた。女装する人間は男が好きで、ゲイなのだとばかり思っていたからだ。

「男ねぇ……あんまり好きじゃないわね。体はゴツゴツしてるし、毛深いし、臭いし、それにデリカシーがないし。女のほうがずっと素敵じゃない。肌はなめらかだし、柔らかいし、いい匂いはするし。世のなかの女が、どうしてみんなレズしないのか、私には不思議だわ」

亜梨紗と名乗った女装者はゆっくりとフォーマルな黒いワンピースを脱ぎはじめた。下は黒い、レースをたっぷり使ったミニ丈のスリップ。それも脱ぐと、スリップと同じ素材とデザインのブラジャー、パンティ、ガーターベルトで吊った黒いストッキング、そしてやはり黒のパンティ。

「ふふ、こういう格好がしたいから女装やってるのかもしれないわねぇ。子供の時から周囲の女の子たちが着ている下着とか洋服が好きだったから」

娼婦を思わせる妖艶なランジェリー姿。パンティはこの前と同様にスパンデックスが編みこまれた素材なので、亜梨紗の股間はまだ目立って隆起していない。こんな姿の亜梨紗を見たら、どんな男でも奮い立ってしまうだろう。

「そのうち、男の生き方ってのに疑問を抱いてしまって、別な生き方がないかなと思ったんだよね。そうしたら、女装してしまえば、男でもない、女でもない生き方ができると気がついたわけ。それで試してみたら、案外楽なんで、以来、こうやって生きてるのよ。もともとゴツい体じゃないし髭も少ない体質だったから、それ向きではあったんだろうねぇ。だけど体も少し整形したよ。性器まで切り取って外見をすっかり女にしちゃうニューハーフっていうのは好きじゃないの。だってそうしたら女とセックスする楽しみがないでしょう？　私はね、これで性欲が強いの。性格もサドだし、いやがる女を女の格好で犯すのが趣味なのよ。私みたいのをシーメールというのよ」

そこで恥丘にしては少し小高い丘を手で淫靡に撫でまわしてみせた。

「あなた、あれからちゃんと生理があったでしょ？　私は一時、女らしくするため女性ホルモンをやってたから、精巣というところが萎縮しちゃって、精子が少ないのよ。精子減少症だって。ホルモンをやめると性欲とか精液の量そのものは変わらないんだけどねぇ。だから私とナマでやっても妊娠する危険はないわ。すばらしいと思わない？」

そうやって自分のことをしゃべりながら、亜梨紗はこの家に一緒に持ちこんだ、やや大きめのショルダーバッグの蓋を開けて、なかから幾つかのものを取りだした。

ひとつは縄の束。もうひとつは洗濯バサミ。蠟燭《ろうそく》。そして、男性器をかたどった黒い色のバイブレーター。

縛られて横たわったままそれらを見せつけられた美穂子はギョッとした。

「な、な、なんですかっ、それ⁉」

亜梨紗は平然と答えた。

「見ればわかるでしょう。SMプレイに使う道具」

「SMプレイ⁉……なぜ、そんなものを？」

「あなたとじっくり楽しむためよ。そんなこともわからないの？」

黒い、魅惑的なランジェリー姿の女装者は立ちあがった。

「やめてくださいッ」

美穂子の顔がこわばる。

「どうして？　あなたマゾの気があるじゃないの。こないだ私にお臀叩かれて、ビショビショに濡れたの忘れてるわけじゃないでしょうね？　あなたはあの時まで気がつかなかったんだと思うけど……。まぁ、内心はそうかもしれないと思ってたけど、自分をごまかしてたりして。多いんだよね、そういう女の人」

「ち、違いますッ」

美穂子は必死になって否定した。

「おや、そう？　じゃあ私の間違いかなぁ」

にやにや笑いながら人工の美女は美穂子の上から覆いかぶさってきた。

クンクンと腰のあたりの匂いを嗅ぐ。

「この匂いは何かなぁ、牝の匂いだけど……発情している時の」

美穂子は真っ赤になった。思わずぴったりと腿を閉じる。亜梨紗の赤いマニキュアを施した指が強引に内腿を割って侵入していった。

「ひっ、やめてッ！」

パンストを脱がされた腿の付け根、パンティの底の部分をまさぐられて、美穂子は叫んだ。

亜梨紗の指がしばらく布地の食いこんだ谷間をいじる。

ニチャニチャ。

濡れた布と粘膜が擦れ合う淫靡な音がたった。

「この濡れようはなんなの？　パンティがグショグショじゃないの。まさか生理がはじまったわけじゃないよね」

指を引き抜いて先端を鼻に持ってゆく。それから美穂子の鼻先へ。

「これがなんだと言うの？　生理？　おしっこ？　違うでしょう」

「…………」

美穂子は唇を噛んだ。スカーフで後ろ手にくくられた瞬間、子宮がキュンと疼いた。その後、愛液が溢れるのを自覚して狼狽した。自分の意思に反して子宮が自動的に昂奮しはじめたからだ。

「本当に、偽善者ね、あんたは」

亜梨紗はベッドの縁に腰かける姿勢をとるなり、いきなり後ろ手に縛った美穂子を抱きかかえ、自分の膝の上にうつ伏せにした。

「アッ」

「もう少し正直になるよう、懲らしめてあげないと」

黒いスカートの裾が思いきりまくりあげられた。うす暗い寝室のなかに白いパンティに包まれた臀部が丸だしになる。

「やめてっ」

「うるさい」

美穂子は後ろ手に縛られた上、足首もパンストで縛られている。抵抗しても無駄だ。

ツルリとパンティが引きおろされた。剝き卵を思わせる白い、艶やかな、脂肉をほどよくのせた魅惑的な双臀が本来は男である美女の視野いっぱいに広がる。

「まったく叩き甲斐のありそうなお臀……」

感嘆してみせてから、自分より十歳以上は年上の女の、女体の豊饒さが充満している双臀を叩きのめした。

ビシッ、バシッ。

「ヒーッ、ああっ、痛いっ。やめてぇッ！」

美穂子の悲鳴と絶叫、残酷なスパンキングの打擲音が寝室に交錯した。

「どう、認める？　あなた、いじめられると昂奮する性格なんでしょう？」

十発ほど打ちのめしてから亜梨紗が詰問した。もう涙で頬を濡らしている美穂子はうなずいた。

「はい……」

「早く認めればいいのよ。ま、こうして欲しかったんだろうけど」

嗤いながら未亡人をベッドの上に仰向けにすると、上からのしかかった。

「…………」

強く唇を吸われた。美穂子はボーッとして理性が溶けて崩れてゆくのを覚えた。

「それじゃ、今日は優くんが帰ってくるまで、私がＳＭプレイで楽しませてあげる」

その言葉に美穂子は戦慄した。

「くそぅ」

そこまで美穂子の告白に耳を傾けていた樹里は悔しそうな呻き声を洩らした。

「その亜梨紗ってシーメール、とんでもないやつだわ。私より先に美穂子を奪って！　まったく……そうと知ってたら私も別な責め方があったのに……」

それからクックックッとおかしそうに笑った。

「考えてみれば、その時の亜梨紗と同じことしてるんだわ、私って。残念なことに、そんな立派なペニスを持ってなくて、そのお蔭で、あなたは私に魅力を感じてくれないんだけど」

「そ、そんな、そんなことないわ。樹里さんはとてもチャーミングよ」

美穂子はあわてて否定した。

「そう？　だったら今までさんざん口説いたのに、どうしてうんと言ってくれなかったのよ。私だって亜梨紗以上のテクニックであなたを責めて満足させてあげたのに。あーあ、シーメールにマゾを教えられていたとは……うーん、くやしい」

樹里はふいに後ろ手に縛った全裸の熟女未亡人をベッドの上にうつ伏せにさせると、バシバシと双臀を打ち叩いた。

「やめてっ、あっ、痛いっ。ひーっ！」

「やっぱりね、この悶え方は単に痛がってるんじゃないわ。ほら、こんなに濡れて」

「あーっ、やめて」

「それじゃ、もう少し亜梨紗との関係を喋るのね」

樹里の執拗な訊問は、まだつづけられた。


その日、息子の優が帰宅したのは六時すぎ。

それまでの三時間、美穂子は自分の寝室で亜梨紗という人工の美女に、初めてSMプレイというのを体験させられた。

スパンキングの後、指で秘部を嬲られてイッてしまった美穂子を、亜梨紗は素早くパンティ一枚の裸に剝いてしまった。

用意した縄が正座させられた美穂子の肉にかけまわされた。

後ろ手で手首を縛り、その縄が乳房の上下にかかって豊かな丸みを紡錘状に前に突出させる、高手小手の縛り。

美穂子は自分の柔肉に食いこむ縄の感触に陶然としてしまった。

縛っている亜梨紗の、黒いパンティの前が隆起しているのが見える。

（この人、私を縛って昂奮している）

自分がそうやって他人を昂奮させているのだと知って、美穂子は奇妙な嬉しさに似た感情を味わった。

「私の縛り方、うまいでしょ？　実は私、ＳＭクラブというところに勤めていたの。世のなか、私みたいな男でも女でもないような人間に憧れるというか崇拝する男が多くて。でも私、男はあんまり好きじゃないんだな。そりゃ金になるけど。本来は女が好きだから、女を責めてみたいと思ってたんだけど、ＳＭクラブに金払ってシーメールに責めてもらいに来る女というのはいないのよ。じゃあ、こっちから出かけて、獲物を探してやろうと考えたわけ。ほら、この体だから女のいるところならどこでも入れるでしょ。トイレとか化粧室とか。ＳＭクラブでニューハーフ女王さまやって貯めた金であのワゴン車を買って改造して、毎日、あちこち獲物を探してたのよ」

ＳＭクラブに勤めていたから、彼女は人間を拘束し、いたぶる技術に長けているのだ。

「それでも、私好みの女ってなかなかいないものよ。見つけても襲えるチャンスがなかったりして……あなたで三人目よ。そして最高だわね。あの病院を偶然訪ねて、見舞いを終えて出てくる時のあなたを見た時は身震いしたわ。『この女』だって……見た目は典型的な良妻賢母。でも肉体は熟れていて、少し触っただけでグズグズ崩れてゆく淫乱さを秘めている。

そういう女を自由に弄んでみたかった。だから白衣を買って、看護師に化けてまであそこで待ち構えていたというわけ」

そうやって自分のことをしゃべりながら、キッチリと縄をかけ終えると、

「ほら、鏡のなかの自分を見てごらん」

ベッドの横手に置かれているドレッサーを示した。

「あ……」

化粧用の鏡のなかに、パンティ一枚の自分の裸身が映っている。

ひしひしと縄をかけられて、頰を紅潮させ、恥ずかしそうにこっちを見ているもう一人の自分。

(あー、なんて可哀相な美穂子……)

自分の恥ずかしい姿に子宮がキュンと痙攣した。

その時、ふいに同じような光景が脳裏に甦った。

(あっ、あの時の!……)

まったく忘れていた記憶がふいに甦った。

——まだ小学生の頃だ。初潮前の、たぶん四年生か五年生の頃だったろうか。

近所の級友の家に遊びに行った時、美穂子よりずっと早熟だった友人が、こっそりと一冊

の本を持ってきた。

「これ、うちのおじさんが泊まりに来た時、忘れていったんだ。こっそり隠しておいたんだけど、ミホちゃんになら見せてあげる……」

それは、アダルト向けの写真や小説の載った雑誌だった。水着や下着、それにヌードのグラビア。美穂子は「こんな雑誌、どこにでもあるでしょう」と言うと、ユカという級友は奇妙な微笑を浮かべて、

「でも、こんなのはミホちゃんだって見たことがないんじゃない？」

どうやら自分が一番気にいったらしい写真のページを開いた。

「えーっ」

それは縛られた裸女の写真だった。

最初は洋服をちゃんと着ているうら若い女性が、悪漢に誘拐されて……という、よくあるシチュエーションで撮られた一連の写真。

場所はどこか使われていない倉庫のようなところ。背景はほとんど真っ暗。

モデルの女性はスリップ、ブラとパンティ、そしてパンティ一枚……。段々と身に着けているものを脱がされて、最後の二枚は全裸。秘部は見えないような角度であるが、カメラに向けた目には、素っ裸にされた羞恥と屈辱、縛られていることの苦痛、これから自分の身に

加えられることへの不安、恐怖、そしてほんのかすかではあるが、期待のようなものがこめられている。それは彼女が手拭いで猿ぐつわをされ、唇が見えないせいもある。

その写真を見た時、ドキンという音が自分の胸から飛びだしたのではないかと錯覚したほどの衝撃を美穂子は感じた。

「ね、どう？　こういう写真。ミホちゃんは嫌い？」

美穂子はなんと言っていいのかわからなかった。自分の動悸がユカに聞こえるのではないかと思うぐらいドキンドキンと高鳴っている。喉がカラカラで膝小僧がブルブル震えるのがわかった。幸い、長い丈のスカートだったので、震え自体はユカに気づかれなかったが。

「えーっ、これー、わー、いやらしい」

とっさに出た言葉は、本心を裏切ったものであった。

「ふーん、ミホちゃんは嫌いか。じゃー見せない」

ユカは不機嫌になってさっさとその本を隠してしまった。

（あっ、もっと見たかったのに……）

そう思った時はもう遅かった。ユカは美穂子より気が強く、常に美穂子をリードするような存在だったから、もうそれ以上、その雑誌の緊縛写真を見せて欲しいとは言いだせなかった。ユカも二度と、その雑誌のことは口にしなかった。

その頃、夜、布団のなかで寝つかれない時など、その写真の女性が、あれからどんな目に遇ったのか想像して、昂奮して胸をドキドキさせたものだ。

いつの頃か、それをすっかり忘れてしまっていた。時に緊縛された女性をテレビドラマで見て、何かドキッとすることがあったが——。

（あの写真に写っていた女性が、この私？）

「どう？」

陶酔したように自分の緊縛された裸身に見入っている美穂子を面白そうに眺めていた亜梨紗が、また聞いた。美穂子は自分でも思いがけない言葉を口走っていた。

「あの……猿ぐつわをしてください」

キラリと亜梨紗の目が光って、唇の端を歪めるようにして笑った。

「やっぱり、本性を現わしてきたわね」

「ますます許せないやつだね、その亜梨紗ってシーメール。しかし敵ながらあっぱれというか。だって、あなたの資質をちゃんと見破ったんだから。外見は楚々《そそ》とした良妻賢母、その実、淫乱性を内に秘めて、肉の欲望に悶々としている熟女……あなたは、そいつの思うとおりに調教されちゃったわけね」

「やめてください。調教なんて……」

真っ赤になる美穂子の唇を吸ってケラケラ笑う樹里。

「当たっているんでしょう？　二度目の時も責められて、いろいろされて、いっぱい感じさせられて、それから亜梨紗のでっかいペニスをくわえさせられたんでしょう？」

「……………」

美穂子はコクリとうなずいた。

「バイブレーターで責められた？」

「ええ」

「ちぇっ……お尻の穴も？」

「いえ、それは……」

「やれやれ、よかった」

樹里は自嘲気味に笑ってみせた。

「私にも、亜梨紗がやり残した責めがあるってことね。でも、あなたがシーメールのペニスにそんなに魅惑されているのなら、私だって対抗しなくちゃ」

ベッドサイドの小机の引き出しを開けた。そこにはバイブレーターが数個入っていたので美穂子は目を丸くした。銀行での樹里は、とてもそんなものを使っているところなど想像もできないバリバリのキャリアウーマンに見える。

「これこれ、これですよ……」

「いやっ、なんなの、それ？」

樹里が手にしたものを見て、美穂子は目をみはった。

赤い革のパンティというか、褌《ふんどし》に近い。馬具のように尾錠のついたベルトを腰のところで締めるようになっている。その股のところ、男性ならペニスの位置に、ペニスそっくりの、いや現実のペニスよりもっとグロテスクに凹凸を強調したシリコンゴムの赤い棒がそそり立っていた。

「ペニスバンドって言うの。女が女を犯す時に用いる道具。男だって犯せるけど……」

それを全裸の下腹に装着して、キリリと尾錠で締めつける。たちまちペニスを持った美女になった。

「まぁ、これでシーメールと思ってもらうしかないかな。さあ、奉仕してちょうだい」

かつて亜梨紗がそうしたように、樹里は正座させた美穂子の前に立ちはだかった。

「こいつをあなたの唾液でベトベトにして……」

「…………」

美穂子は、結果的に亜梨紗に対して自分が完全に屈伏させられて、ある時期、一種の性的奴隷のような状態にあったことをまだ樹里に告げてはいない。それだけに、何かひけ目というか、精神的な負い目を感じていた。だから素直に彼女の要求に応じた。

「ふふっ、フェラのテクニック、なかなか上手じゃないの。これも亜梨紗が教えこんだんだね。憎らしいったらありゃしない」

擬似陰茎を、美穂子の顎も舌も痺れきるまでしゃぶらせてから、樹里は突然残酷になって未亡人を蹴り倒した。

「犯してやるわ、牝犬未亡人！　うつ伏せになってお尻をあげるのよ！」

美穂子は自分の唾液で潤滑したディルドオでふかぶかと貫かれ、全身脂汗にまみれながら何度もイッた。最後は絶叫して失神したようになった。

すべてが終わってから、体を離した樹里が聞いた。

「ところで、その亜梨紗っていうシーメール、どうなったの？」

「それから二、三回、家へ押しかけてきたの。でも一年前ぐらいからパッタリと来なくなって……」

「へぇー、それはまた、どうしてかしらね？」

「さあ。わからない……」

美穂子はしょげた顔になった。つまり亜梨紗は自分の体を弄ぶのに飽き、新たな獲物に夢中になったのだと思っている。

「この肉体に飽きるわけがないと思うけどなぁ」

樹里は少しばかり考える顔になった。

第六章　禁断の人妻通信

「あっ、秀美《ひでみ》さんからだ」

学校から帰った優は、家のポストに入っていた封書を見て、嬉しくなった。

差し出し人は山崎《やまざき》秀美。住所はマレーシアのクアラルンプール。

エリート技術者の妻だが、この春、夫の転勤にともない、赴任先のクアラルンプールへ行った。

(元気でやってるかな、あの人……)

胸をときめかせて、封書を持ったままキッチンへ行き、冷蔵庫からコーラの缶を取りだしてグッと呑み、居間に入った。

留守番電話の、録音が入っていることを示す赤ランプが点滅していた。再生ボタンを押すと母の声が流れた。

《優くん？　ママです。今晩だけど、突然、人と会う用ができたの。帰るの少し遅くなると思う。晩ごはんの仕度はね、冷蔵庫のなかに作っておいたのがあるから温めるだけでいいんだけど、面倒だったら好きなもの出前でとってもいいわ。とにかくごめんなさい。じゃあ戸閉まりとか火の用心よろしくね》

（ふーん、今晩も遅いのか）

優は首を傾げた。

母親の美穂子は十国銀行の本店でパートタイマーとして働いているから、帰宅するのは七時近い。それまでの間、優は一人だ。

しかも、母親の美穂子はこのところ、何か心ここにあらずといった様子で、優のほうがちょっと心配で見守っているような状態だ。どうも彼女の周囲で何かの事態が進行しているらしいが、優にはわからない。

（ひょっとしたら、誰か好きな男ができたのかな？）

そんな気がしないでもない。

前より艶やかな化粧、装いで出勤するようになったから。そのこと自体は優にとっても嬉しい。

前はほとんどなかったことだが、今夜のように帰宅が遅くなることが多いからだ。

「ごめん、今晩は遅くなるの。夕飯は出前をとって食べてくれない？」

そう言って出かけたり、銀行から電話がかかってくることが多くなった。理由はさまざまだ。残業ということもあれば、仕事の関係のパーティだとか、学校時代の友人に誘われて会食だとか。

問題は、遅く帰宅してからだ。

何かすごく疲れている。それでいて悲しそうでもない。何か自分一人で楽しんできたことを後ろめたく思うのか、息子にはひどく優しい。

(ひょっとしたら誰かとデートして、セックスしてるんじゃないか)

優も中学三年、十五歳だ。母親は知らないが、もう童貞ではない。男女の肉体関係について無知というわけではない。

(まぁ、悪い男じゃなきゃいいけど……また、パパみたいな仕事だけの男なんかとデキちゃったら悲劇だな)

どういうわけか、優は父親になじめなかった。二年前に突然、脳内出血で倒れて死ぬ時まで、父親と息子の間に心底からの交流というのはなかった。もの心ついた時から、父の文雄は、よそよそしい存在だった。叱られることもなかったが、褒められることも少なかった。あまり楽しそうな顔も見たことがない。

(あんなふうな、仕事一本槍の男にだけはなりたくない。せっかくママみたいな美人の奥さ

んがいたのにちっとも人生を楽しんでなかった）

批判的な目で父親を見てきたのは、母の美穂子がつらい思いをしてきたのを傍で見て知っているからだ。

二階の、今は客間になっている和室には、ずうっと文雄の母が住んでいて、何かというと美穂子と対立した。それなのに文雄はどっちつかずの態度をとりつづけた。やがて認知症が進行しても、美穂子が過労で倒れるまで自分の母を施設に入れることを決断できなかった。

問題が発生すると「おれは仕事がある。おまえに任せた」と言うのが口癖で、一度はそんな父親に激怒した優が、茶碗を投げつけたこともある。それでも文雄は冷笑を浮かべて「おまえらには、男の仕事がわからんのだ」と言っただけ。それ以来、優は父親をハッキリ見限った。

だから、彼が死んだ時は正直言ってホッとしたぐらいだ。

（おばあちゃんも亡くなったし、これでママもようやくゆっくりできる……）

母親のために喜んだぐらいだ。

やがて十国銀行で補助行員として働くようになってからの美穂子は、前とはうって変わって生気をとり戻してくれたので、優は嬉しかった。

（ママはきれいだし若々しい。もっと幸せになって欲しい）

そう思う気持ちの反面、やはり母親の気持ちが自分から離れてゆくのが悔しいという気持ちがないわけではない。優の反抗期はとっくに終わり、今は母親とは対等というか、どちらかというと彼のほうがよけい気にかけているという関係だ。

（おっと、秀美さんの手紙……）

優はソファに座り、クアラルンプールからの封書を開いた。

便箋が一枚と写真が一枚入っていた。

便箋には万年筆書きできれいな文字が書かれていた。

『優くん

すぐ手紙を書くから、と言って一カ月も間をあけちゃってごめんなさい。

やっぱり赴任したては挨拶まわりとかいろいろ忙しくて。

お元気ですか？　サッカーで痛めた脚は大丈夫かしら？

私は、マレーシアの気候に慣れるのが大変ですけど、なんとか頑張ってます。日中は三十度を超す、東京の真夏という感じ。でも週末には海岸のリゾートにある、会社の別荘に行けるので、主婦の生活はほどほどにして楽しくやっています。でも、周囲は同じ会社に勤める人たちばかりなので、その点は東京とあまり変わりないですね。

優くんには、本当にいい思い出を作ってもらってありがとう。あんなに楽しかったことは、私の人生はじまって以来。何度お礼を言っても足りないぐらい。でも、その反面、優くんには、こんなおばさんに無理してつき合わせて、本意ではないことをさせて、迷惑だったかな、とか、いろいろ反省もしています。

こんなことを書くと「もう、そうしているよ」と言われそうだけど、やっぱり、同じ年頃のガールフレンド、恋人と、若い人同士の体験をしてうんと楽しんでくださいね。

私のことは忘れてください、と言いたいけど、二年たってまた日本に帰って、今度は夢見山の研究所勤務かどうかはわからないけど、そうなったら、優くんに会いに行きたくてたまらなくなると思います。実は、今だって、すぐ飛んで帰りたいぐらいなんです。時には、私のことを思いだしてください。その思い出が優くんにとっていやなものではないことを願いつつ……。

秀美

追伸――海岸で撮った私の写真を同封します。お母さまの目にとまらないようにね！』

優は写真を取りあげた。

白い水着を着た二十代後半ぐらいに見える、美しい女性が、青い水平線をバックに海岸の砂浜に横座りになり、カメラのほうを見て笑っている。実際には三十二歳だということを優は知っている。

太陽光線をさえぎるよう、片手を額の上に当てて。片手はサングラスを持っている。

水からあがったばかりの濡れた水着はぴったりと肌に張りついていて、日に焼けはじめてピンク色に染まっている。

ノーストラップの水着の胸の部分は隆起して、強烈な日ざしの作る陰影が深い谷間を強調していた。若い娘に負けない、よく引き締まった腰のくびれ、平たい腹部。しかし成熟した女の魅力は、豊満な乳房やヒップ、ハイレグカットの水着の腿の部分の逞しいほどの肉づきに溢れている。

（うーん……懐かしい……）

優は目を細めた。

彼の脳裏にさまざまな思い出が、匂い、肌触り、声や物音とともに甦ってきた。

彼の股間で若い牡の象徴がふくらみはじめた。

この写真に映っているすべての部分、いや、映っていないすべての部分も、彼は見、触り、口をつけ、匂いを嗅いだ。彼女の微笑している唇から溢れてきた唾液を吸い、彼の若い器官は水着をこんもり盛りあげている下腹の丘の直下、女体の源泉に分け入り、深いところでエキスを放ったのだ。

優の童貞を奪ったのは、この秀美という人妻だった。

思い出があまりに生々しいので、彼は二階の自分の部屋に入り、ブリーフまで脱ぎ捨て真っ裸になった。

「うわ、痛い……」

彼の股間で、十五歳とは思えないほどの牡の欲望器官が怒張している。包皮は翻展しきって、赤みを帯びたピンク色の亀頭先端から透明な液がふつふつと滲みでてキラキラと粘膜を濡らし輝かせている。

優は机の、一番下の引き出しを引き抜いた。その下にブリキでできたクッキー入れの箱が隠されている。蓋を開けてなかに入っていたものを取りだした。

白い、ナイロン製のパンティだ。

最後の密会の時、優がねだって貰ってきた、秀美の穿いていたスキャンティである。

レッグホールの部分は極端なハイレグカットで、前から見るとバタフライのようにきわどいが、後ろにまわると豊かなヒップのふくらみをすっぽり覆う形になっている。

「おばさんになると、ヒップが垂れてくるから、若い娘の穿くようなタンガーのパンティは穿けないわ」と秀美はそれを脱ぎながら言い、優はタンガーというのが、臀部の谷間に食いこむようなTバック型のパンティを言うのだと、その時初めて知ったのだ。

前のほうはレースと蟬の羽根のように薄いナイロンを組み合わせているので、二重になったクロッチの部分以外は秘毛の丘がすっかり透けて見えてしまう。秀美がそれを穿いて動きまわっていた姿は、今思いだしても少年の体内の血を沸騰させるほど刺激的だった。

大事な宝物――事実、そうなのだが――を扱うように、優はその布切れを裏返した。股布の部分に淡褐色の長楕円形のシミが広がっている。脱いで渡された時はもっとハッキリと汚れが見えたのだが、今ではかなり薄れてしまった。優が鼻を擦りつけたせいだろうか。なまなましい匂いはとっくに消えたが、まだ人妻の愛用していた『バラ・ベルサイユ』――ベルサイユの舞踏会――の甘い匂いはうっすらと残っている。

優はベッドの上に仰向けになり、顔の上にパンティをのせた。まるで死者の顔を覆う白布のように。

片手で布を鼻に押し当て、もう一方の手で股間に直角に屹立している肉茎をしごきたてる。尿道口から夥しく溢れてくる透明なカウパー腺液を、かつて秀美がそうしたように、掌で亀頭冠から茎の部分へとなすりつけるようにした。ヌラヌラした液と血管を浮きたたせた肉茎が摩擦する音がするほど強く、そして弱く、緩急をつけた刺激を自分に与えながら、閉じた瞼の裏には恋しい年上の女性の魅惑的な裸身を思い浮かべながら、優は快美で孤独な遊戯に

耽っていった

ギシギシ。

若い牡の肌に汗を浮かべた、男性にしてはほっそりした裸身が勢いよく腰を突きあげるようにするので、ベッドのスプリングが軋んだ。

「うっ、ううっ、あー……あうっ、はうっ、おおう、ううむ、むっ……あう」

秀美の匂いが染みこんだパンティを鼻に押し当て、わずかな残り香を鼻腔いっぱいに吸いこみ、激しく昂った優は呻き、喘いだ。まるで重篤な熱病患者のように。

昂りはやがて、限界点に到達した。筋肉が弓を引き絞る者のように緊張しきった次の瞬間、それが弾けた。若い牡の欲望は精液の矢となって尿道を突進して宙に噴きあげた。

「あー、あっ、あうっ……秀美ママぁ……ッ！」

切ない叫び声をあげながらベッドの上で汗まみれの裸身を痙攣させる優。

彼の噴射した白濁液は、あと少しのところで天井に届きそうになり、彼の胸や腹に落下して青臭い匂いを部屋いっぱいに充満させた。

数分後、優はシャワーを浴びた体を再びシーツに横たえた。

母親は遅くに帰るというから、あと数時間は孤独でいられる。

優は孤独でいることがさほど嫌いではない性格だから、寂しいと感じることはない。好きなことを好きなようにできる自由がありがたい。こんなふうに大声を張りあげてのオナニーも、母親がいてはできっこない。

甘美な自慰行為のあとの余韻にひたる優は、いつものように秀美のパンティを穿いている。勃起していた時は絶対におさまらない肉茎も、今は柔らかく萎えて包皮も亀頭を覆っている。色が白くほっそりした体型、体毛もほとんどない優が女性のためにセクシィなデザインを施された下着で下腹部を包むと、中性的、いや、実際に少女ではないかと錯覚する。あの怒張しきった時のサイズが嘘のように、ふくらみは女性の秘丘のようにおさまっているから、透けて見えるナイロンごしでも器官の形状はわからない。

もしこの瞬間、誰かがこの部屋を覗いたら、ふっくらと赤い唇を半ば開けて陶然とした表情の優を、同じ年頃の少女だと見誤る可能性は大きい。それほど優は、器官の発育を除けば女性的な雰囲気が強い。彼の父親が優と最後まで心を通わせなかったのは、それが理由かもしれない。父親が望んでいたのは、活発で勇敢で積極的で、時に羽目をはずして騒ぐ、男らしい息子だったかもしれない。

その逆に、秀美は少女と見まがう、少年のたおやかさを愛してくれたのだが。

優は再び、人妻から届いた手紙に目を通し、水着の写真を眺め、三カ月前に出会った時からの回想にひたっていった。

——春休みのサッカー部強化合宿で、優は膝を痛めた。

夢見山市立総合病院の整形外科で側副靭帯損傷と診断されて、しばらくギプス固定を余儀なくされた。

内出血と腫れの急性症状がひくと、造影検査で大丈夫と診断され、リハビリがはじまった。主として萎縮した大腿四頭筋訓練と膝関節の運動訓練。春休みの間、ほぼ一日おきに優は通院してリハビリを受けた。

ようやく歩行杖がなくても、軽く足を引きずる程度にまで歩けるようになった頃、やはり通院していた山崎秀美に出会ったのだ。

彼女はマイカーで通院していた。車は濃紺のゴルフ。

何回か病院の廊下ですれ違い、歩いてゆく方向からしてたぶん産婦人科を受診しているのだろうと見当はついたが、向こうは自分の母親に近い年齢の人妻というタイプ。きれいな奥さんだな、と思ったけれど、だから自分と何か関係が発生するとは夢にも思っていなかった。

ある土曜の昼、午前中にリハビリを受けた優が帰ろうとして病院の門のところを歩いていると、駐車場から出てきたゴルフが彼に接触した。

スピードは歩く程度だったから、優も軽くよろめいただけで転倒はしなかった。ただ、治りかけた膝に痛みが走って、彼はうずくまった。

ブレーキをかけて停止した車から飛びだしてきたのが秀美だった。

「ごめんなさい、反対側の人に気をとられて寄りすぎてしまったの。どこか痛めた？　まぁ、脚が悪くて通ってる方ね。私がまた痛めちゃったかしら」

真っ青な顔をしてオロオロしている。優は立ちあがって膝を屈伸してみせた。異常はない。

「大丈夫です。ちょっとよろけただけ。なんでもありませんから」

秀美はホッとしたようだった。その表情が少女のようにあどけなく見え、優は一瞬にして彼女に好感を抱いた。その少女のような無垢《むく》なあどけなさは、母の美穂子も時折見せるものだから。彼女は優に申しでてた。

「そう？　じゃあお詫びのしるしにお家まで送ります。乗ってください」

「でも遠まわりじゃありませんか？　ぼくは田園町の三丁目なんですけど」

「じゃあ通り道だわ。私は技研町だもの」

「あー、じゃあ社宅ですか？」

「そうよ」

彼女の言葉に従って、優はゴルフに乗せてもらうことにした。バスだと駅前まで出て乗り換えないといけない。時間が大幅に節約される。

彼女が住む技研町というのは、以前、黒火《くろび》と呼ばれた土地だ。沼地でメタンガスが自然発火しておどろおどろしい火の玉が飛んだことからつけられた名前らしいが、今は湿地帯は消滅して、住宅地になってしまった。

新しく住みはじめた住民から「名前が良くない」と評判が悪く、新しい町名がついた。

技研町というのは、その中心に大手重電メーカーの送電技術研究所が設けられていたからだ。

研究所の周辺に付属施設と研究所で働く職員のための居住施設、団地ふうの社宅が立ち並び、一般の市民とはほとんど隔絶された自治区のようになっていた。

車のなかで二人は互いのことを聞いて、すぐにうち解けた。

秀美の夫は技術研究所で送電施設の設計にあたるエンジニア。今までは都心のほうに住んでいたが、社宅に空きができたので、つい半年前にこちらに引っ越してきたのだという。

「じゃあ、通勤に便利ですね。家賃も安いんでしょう？」

技研町の住民の生活程度が高く、社宅の豪華さは夢見山市民の誰もが知るところであった。社宅といっても外見は高級マンションそのものだから。

「そうね、都内からみればただみたいなもの……。でも、同じ会社の人ばかり住んでいると暮らしにくいのよ。息がつまりそうになるの」

技術研究所は機密保持の理由から住民の出入りに神経質で、出入り口には常にガードマンがいて監視しているという。住民たちも誰が誰のところを訪ねたか、交際関係がすぐに噂になる。一種の監獄のようだと、秀美は端正な表情を曇らせて呟いた。

「へぇー、ぼくらは天国のようなところだと思ってたけど、実際は違うんですね」

優が驚いてみせると、秀美はようやく声をあげて笑った。

「今度はきみのことを聞かせて」

「ぼくは夢見山中の三年。サッカー部でケガをしたんです」

優がスポーツをやっていると聞いて、秀美は驚いたようだ。誰もが、この髪の長い、ほっそりとした体格の中性的な美少年がスポーツマンだとは思わないのだ。

「サッカー部なの？　それで足のケガなのね。お父さんは何を？」

「二年前に死んだんです。銀行に勤めていたんですけど……」

「まぁ、それはお気の毒に……」

秀美はオーバーに同情の言葉を口にした。母性本能をその時に刺激されたのかもしれない。

やがて田園町の、優の家の近くまで来た。

その時まで、秀美は優の生活環境についてだいたいのことを聞きだしていた。優の母親がパートタイムの補助行員として働きに出て、たいてい午後は一人でいることも。

もう優の家が見えるところまで来て、ふいに秀美が提案した。

「家に帰ってもお母さんがいらっしゃらないのなら、寂しくない？　天気もいいから、よかったらおばさんと一緒にドライブしない？」

「えっ、いいんですか？」

「うん。主人は夜遅くまで帰ってこないし、子供もいないし、家に帰ってもすることがないのよ。それに私ってこの町、よく知らないの。夢見山にも登ったことがないし」

美しい成熟した女性と一緒にいられるのだ。優は喜んで案内役をつとめることにした。

「夢見山なら、案内します」

地元っ子の優は、秀美に道を教えて夢見山公園の頂上までドライブウエイを上らせた。

夢見山とは市内を一望に見おろす小高い丘で、鎌倉時代の古い山城の遺跡が残っている。丘のてっぺんは台地状になっていて、その部分が市立公園だ。といっても展望台の他は駐車場と芝生だけだ。この周辺の人々はよくここにピクニックに来る。駐車場は、夜はカーセックスの名所となる。

その駐車場にゴルフを駐め、秀美と優は展望台へ上った。

昔の見張り櫓《やぐら》を模した、コンクリートの塔である。階段は吹きさらしだ。

秀美が階段を先に上り、まだ歩行のいくぶん不自由な優が後につづいた。

風が吹いて、秀美のスカートが大きくめくれた。

（わっ）

下から見あげる形になった優は頭を殴られたようなショックを受けた。

肌色のパンストに包まれた下半身のパンティに包まれた臀部、股間までの光景が、モロに優の網膜に焼きついた。

脚はとっくに気づいていたがすんなりと伸びた美しい脚線だ。その上にあるのは健康そうな、ずっしりとした臀部だった。パンティは白で、レースがいっぱい使ってある。優は自分の母親がそんなパンティを穿いているのを見たことがない。

（下着までおしゃれなんだ）

都会的に洗練された、子供のいない人妻の肉体の魅力に、優はボーッとなってしまった。たちまち虜になってしまった。

展望台で優が四囲に見える景色を説明するのに、秀美はにこやかな微笑を浮かべながら耳を傾けた。

再びゴルフに乗りこんだ時、二人の心はすっかりうち解けていた。秀美は優のことを子供扱いしないで、まるで一人前の大人のように接してくれた。優にはそれが嬉しかった。優の優しい繊細な容貌から、彼がまるで女の子でもあるかのように接する大人も少なくないのだ。

「さて……」

ハンドルを握ったまま何かを考えていた様子だった秀美は、やがて思いきったように、優が驚く言葉を口にした。

「優くん。お願いがあるんだけど……」

「なんですか？」

「おばさんと一緒にホテルに行ってくれない？」

優は自分の耳を疑った。

「えっ⁉　ホテル？」

「そう。上ってくる途中で、ラブホテルの看板が出てたわね」

「ええ、夢見山の向こう側に何軒かあります」

「車で入れば誰にも見られないから、大丈夫。いや？」

優は信じられなかった。自分は十五歳になったばかり。相手は三十二歳だという。

（この人、ぼくをからかっているんだろうか？）

真っ先に浮かんだ疑問を、秀美のほうもすぐ察知した。

「からかっているわけじゃないの。私、真剣なのよ。私がどうして市立病院に通っているか知ってる？　産婦人科だけど、赤ちゃんとかそういう問題じゃないの。冷感症の治療なの」

「冷感症？」

優には理解できない言葉だった。

「セックスの時に、あまり感じないこと。優くんはオナニーする？」

「えっ、あの、はい……」

直截な質問に優は真っ赤になった。

「ごめんね、変な質問して。ふつうオナニーすると気持ちいいでしょ？　おばさんの場合は違うの。気持ちよくならないの。というか、オナニーする気にもなれない。だからセックスの時はよけいダメ……ああ、優くんみたいな若い人に何を言ってんのかしら」

ふいに美しくまだ若い人妻はハンドルに突っ伏してしまった。肩がひくひく震える。

（この人、泣いている！……）

ふいに強い感情が湧きあがってきた。彼女は自分を一人前の男性として相談しているのだ。困難な状態にある貴婦人と巡り会った騎士が、何を捨てても救助に駆けつける時の高揚した気分。

「おばさん、ぼくで役に立つならなんでもしますけど、どういうことですか……」

秀美はハンカチを取りだして涙を拭った。

「ごめんね、急に取り乱して……こういうわけなの」

秀美は、エリートエンジニアである夫の隆司《たかし》と五年前に結婚した。

見合いだったが、特に隆司の人間性が嫌いとか思ったことはなかった。自分にはすぎた相手だと今でも思っている。

「でも、セックスがうまくゆかないの。結婚したら誰だってセックスするでしょう？　そうやって子供を作る。私も子供は欲しいし、夫もそう願ってる。でも、セックスがうまくゆかないから、まだできないの。原因は私にあるの。どうしてもセックスの最中にいやになってしまうの」

童貞の優だが、セックスというのは気持ちよくて、男も女も夢中になるものだと思っていた。級友や遊び仲間の少年たちから得た情報の寄せあつめから、漠然とした知識だが。

実際、自分がオナニーして射精する時は、とても気持ちがいい。だから何度でもやりたくなる。女性もそれと同じだと思っていた。

「どうしていやになるんですか？」

まじめな顔をして質問する美少年に、秀美もまじめな顔をして答えた。

「たぶん、最初にセックスした相手がいやな人だったからかしらね。その人、私の叔父さんだったの。まだ小学校の頃に、両親が留守の時に家に来て、私が一人だと知ったら襲ってきたの。泣いていやがってる私を押し倒して、何度も何度も……私が苦痛のあまり気を失うまで……」

「そんな……ひどい」

優は怒りを覚えた。秀美が少女の時は、目をみはるような美少女だったに違いない。その姪を情け容赦なく犯す叔父がいるとは……。

「その罰が当たったのかしら、叔父は数年後に病気で亡くなったのだけど、私の心の傷は癒えなかったのね。悪いことに、夫は外見は叔父に似ていないんだけど、毛むくじゃらなところがそっくりなの。私は夫が好きなんだけど、抱かれると叔父を思いだしてしまうの。心が醒めてしまって、そうすると欲望も消えてしまう。夫は怒ってしまう。無理やりセックスされると、今度は痛くて……そんな状態だから子供なんてできる可能性は少ないと言われたわ」

「でも、それはおばさんの責任じゃないですよ」

秀美は涙を拭ってフッと笑ってみせた。

「ありがとう。そう言ってくれて……」

「でも、どうしてぼくがおばさんとホテルに行くんですか？」

「そこなの。私は男性らしい男性を見ると、叔父を思いだしてセックスがいやになる。でも優くんは、髭も生えてないし、こんなことを言うと怒るかもしれないけど、男くさいところが少ないでしょう？」

優は苦笑した。

「怒りません。みんなはぼくのことを、おかまっ子なんて呼んで、バカにしてるぐらいですから。ぼくも、どうしてかなぁと思ってるけど。父は髭が濃かったんですけどね」

「そこなの。もし、もしもの話だけど、優くんとならうまくできるんじゃないかなって気がするのよ。もし優くんとうまくセックスができたら、それで自信がついて、夫ともうまくゆくんじゃないかなって」

「はあー……」

優はようやく納得した。

(これは、夢を見てるんじゃないだろうか……)

さっき初めて言葉を交わしたばかりの、倍も年上の人妻が、自分とセックスをしたいと願ってきたのだ。

「あの、ぼくはオナニーはしてますけど、女の人とセックスするのは初めてなんです」

自信なさそうな顔をして言ってみた。童貞だというのは、やっぱり引け目だ。

「童貞？　たぶんそうだと思った。かまわないわ。そのほうがかえっていいんじゃないかなと思うの。自分流のやり方で迫る男の人より……」

優はその言い方に嬉しくなった。

（この人はぼくに助けを求めているんだ。だったら助けてあげなくちゃ……）

優は雄々しくうなずいてみせた。

「わかりました。おばさんの役に立つなら、協力します！」

だが心配なことがひとつある。

「そうなると、おばさんのご主人ですけど……」

「夫を裏切ることになるわね。でも、私としては優くんの力を借りて自分の病を治すわけだから、病院でお医者さんに診てもらうのと同じことだと思うのよ。言いわけかもしれないけど……最終的にはあの人も喜ぶことだから、裏切ることにならないんじゃないかしら。もちろん、知ったら怒るだろうけど……」

少し言葉を切って、また秘密を打ち明けた。

「彼は今、出張に行っていないのよ。今度マレーシアで大規模な水力発電所が建設されることになって、その現地調査に行っているの」
彼女の夫が今留守にしているという事実が、優を少し気楽にしてくれた。

第七章　美装の交歓儀式

秀美と優が入ったのは、夢見山市郊外の旧街道沿いにあるモーテルだった。

『ＩＮ』の表示に従って細い道を行くと、ちょっとした谷間をおり、その奥にひっそりと立っていた。人目を忍ぶカップルには都合がいいということか、門を入るとズラリと並ぶガレージのうち半分はシャッターが下りて、すでに客が入っていることを示していた。

優はもちろんのこと、秀美もこういった場所は初めてらしく、ガレージのひとつに車を入れると、ほとんど同時にシャッターがスルスルと下りてきたのに驚いていた。

「なるほど、車ごと隠してしまうのね。ふーん……」

しきりに感心している。

優はそれどころではない。さっきから動悸が秀美に聞こえはしないかと心配になるほど、ドキドキと弾んでいる。息が苦しい。

秀美をよく観察すればするほど、好ましい女性だと思う。

容貌は端正で、気品があり、切れ長の美しい目は知性的な光を湛《たた》えている。唇はそれほど大きくないが、仏像のように優美で柔和な顎とよくマッチしている。

（なんかママと似ている感じだなぁ）

優は変な気分になってしまった。

母親の美穂子に二、三歳若い妹がいたら、こうではないかという気がする。

さらに、何をするにも控え目だ。

道に迷ってしまった者のように頼りなげで男性の保護欲をそそるような女性というのがいるものだが、美穂子と秀美は、そういう雰囲気が一番共通していた。

体つきも小柄で、しかし乳房も腰も女らしく発達している。この人がセックスで感じないというのが信じられない。香水の匂いと入り交じった肌の匂いは、欲望の強まってきた時期の少年をそれだけでゾクゾクさせる。

そのモーテルは、十棟のバンガロー風の小屋が並んでいて、それぞれ一階がガレージ、二階が休憩用の部屋という構造になっている。つまり客はガレージから誰に見られることもなく部屋に入ることができる。これなら秀美が未成年の優を連れてきても誰に咎められることもない。

「フロントを通らなくてもいいけど、あとはどうしたらいいのかしら」

秀美も様子がよくわからないので、おそるおそる階段をあがり、部屋のドアを開けた。

中央にダブルベッドが置かれ、あとは簡単な応接セット、テレビと冷蔵庫が置かれているだけの、わりとシンプルな内装の部屋だ。右手に浴室とトイレへのドアがある。ベッドの横に大きな鏡があるのを除けば、シティホテルの部屋とたいして変わりはない。

二人が部屋に入るとベッドの頭のところに置かれた電話機が鳴った。

秀美が出るとフロントからの電話だった。この部屋のドアが開くと客が入ったことがわかるような仕組みになっているらしい。支払いは窓の小窓ごしに行なうと言われ、

「じゃあ、誰とも顔を合わさずにすむシステムになってるのね」

秀美は感心した。

優がエアコンや照明やテレビ、BGMの装置をいじっているうち、秀美はバスルームへ行き、浴槽に湯を張った。

湯が満ちるまでの時間、二人は応接セットに向かい合って座り、秀美は冷蔵庫から取りだしたウーロン茶を、優はコーラを飲んだ。二人とも何を語ったものか、話題を探しあぐねてしまった。

「ごめんなさいね。こんなところに連れてきて……」

とうとう、秀美が呟くように言った。

「もし、考えなおしていやだったら、何もしないで帰ってもいいのよ」

「おばさんは、いやなんですか」

「そんな……私が誘ったんですもの。優くんにはいてほしい」

「ぼくだって、おばさんといたい」

秀美は嬉しそうに笑った。その瞬間の優は、これまで見た女性のなかで一番美しい笑顔だと思った。

「なんか、おばさん、おばさんと言われると変な気持ち。年の差を感じちゃう」

「ごめんなさい。でも、なんと呼んだらいいか……」

「秀美、って呼び捨てにしてもいいのよ」

「そんな……じゃ、秀美さんにします」

「そうね。このお部屋じゃ対等になりましょう。年の差は関係なし。恋人同士」

恋人同士という言葉が、優には嬉しかった。

やがて浴槽に湯が満ちた。優が先に入って、備えつけの浴衣を着てベッドルームに戻ると、入れ代わりに秀美がバスルームに入った。

ベッドに仰向けになっていてもドキドキして落ちつかない。やがて人妻がバスルームから声をかけた。

「優くん、お願い、暗くしてちょうだい」

優はコントロールパネルを操作して、ベッドルーム全体の照明を極限まで落とした。それでも冷蔵庫とかテレビの小さなランプの光があって、ものの形が見える。

スリップを着けた秀美が少年の横に滑りこんできた。

温かさと芳香とサラサラした布の感触。

(わっ、スリップか……)

ほんの一瞬だったが、その姿を見ることができたのだ。優の昂りは痛いほどだ。

「優くん、ジッとしててね。私がリードするから……」

かすれた声で囁いた。秀美もかなり緊張しているのがわかる。

温かい重みが優の体にかかってきた。秀美が上になってきた。

「………」

優の唇に秀美のが重なる。

(ああ、ぼくのファーストキスだ!)

少年は感動した。秀美の唇の優しさに。少し濡れた髪が彼の頰と首筋に触れた。秀美は舌を優の口腔へと滑りこませてきた。

(えーっ、キスってこうやるのか)

舌が舌をさぐり、からめてくる。温かい唾液が流れこんできた。優は夢中になってそれを呑んだ。

(甘い……)

夢を見てるのではないかと思った。脳の奥が痺れたようになって現実感が薄れた。後のすべては、実際に夢見心地のなかで行なわれた。

上になった秀美は少年の口を吸いながら浴衣の前をはだけた。優はブリーフを脱いでいるので、屹立はすぐ秀美を驚かせた。

「優君……こんなに？……私の夫より大きい」

息を呑んだ。

「そうなんですか」

「自分じゃわからない？」

「さあ、あまり較べたことがないから」

「大きいわ。ほら、私が握ってもあまるぐらい」

「あ」

年上の女の柔らかい掌にくるまれて優は呻いた。

「濡れてる。先っちょが……優くん、昂奮してるのね」

「ええ」

優は喘いだ。

顔に柔らかいものが押しつけられた。

「吸って」

言われる前に優は乳首にしゃぶりついていた。

「ああ」

秀美が闇のなかで呻いた。甘い呻き声。

「触って……揉んで……そう、素敵……」

ちゅうちゅうと音をたてて優は母親に近い年齢の人妻の乳房を吸い掌でくるんで、見えない乳を絞りだそうとする赤子のように揉みしだいた。

スリップを纏った体が震え、くねるのが感じられた。

「優くん……ああ、優くん……」

秀美はそう言い、屹立するものを指でしごいた。

「あっ、ううッ」

優は生まれて初めて味わう他人の手指の刺激に、あっという間に頂上へと追い詰められてしまった。

「秀美さん、ぼく……ダメッ」

　切迫した声で伝えた。

「えっ、もう⁉……」

　秀美は狼狽した。少年がそこまでの即発状態にあると思わなかったのだ。

　優は腰を突きあげた。ズキンという衝撃が走り、痛みにも似た鋭い快感が全身を駆け抜けた。脳のなかで火花が散った。

「…………」

　ドクドクッと若い牡の激情がほとばしった。秀美はとっさにペニスを両手で包みこんだ。彼女の掌に勢いよく精液が噴射された。

「ああー、あっ、秀美さんっ、うっ……」

「…………」

　人妻は優の噴きあげた白濁液を一滴余さず掌に受けとめた。さらに牛の乳をしぼるように肉茎を揉んだ。

　下肢を痙攣させながら断続的に精液を噴射させていた少年は、やがてぐったりとシーツの上に伸びた。

「すごいわ、優くん。こんなにいっぱい……それも力強く……」

感嘆した秀美は、しばらくの間、自分の両手に付着した白濁液を嬉しそうな表情でしげしげと眺めていた。それから思いだしたようにティッシュペーパーで濡れた部分の始末をはじめた。自分の器官を拭われた優は、真っ赤になった。

「ごめんなさい」

小声で謝った。

「どうして？」

「だって、こんなに早くイクとは思わなかった。秀美さんに触られてすごく気持ちがよくて……」

「だったら嬉しいわ。若いんだから、優くん、まだ勃《た》つでしょう？」

「ええ、少し待ってもらえたら」

「いいわよ、夕方まで時間はたっぷりあるから」

秀美は手を洗いに浴室に姿を消して、今度は濡れタオルを持って戻ってくると、仰臥した優の下腹をまた丁寧に拭った。

（なんか、おむつを換えてもらう赤ちゃんのようだな）

優は照れくささと恥ずかしさを覚えたが、秀美が気分を害した様子を見せないのでホッとした。同時にスリップ一枚を纏った熟女の美しさ、性的魅力に目を奪われた。

「秀美さん、そのスリップ、素敵ですね」

「そう？　優くんはスリップが好き？」

秀美は膝で立ち、優に自分の下着姿を見せた。スリップはパールグレイのナイロンで、胸と裾にたっぷりと白いレースをあしらったセクシィで優雅なデザインのものだった。ブラははずしていて、しかもさっき優に乳房を含ませたから、右肩から紐がはずれて、豊かな丸い丘が半分以上露出している。

優が手を伸ばしたので、秀美は前かがみになり、優にかぶさる姿勢になった。優は片方の手で露出した乳房を握り、もう一方の手でスリップの上からもうひとつの丘を撫でた。

「…………」

秀美はさらに体を低くしてきたので、優は再び乳房に顔を押しつけて乳首を吸った。

「あー……ッ」

悩ましい声を洩らして秀美は片手で全裸の少年の胸や腹を撫でた。

その手が股間に伸びると、驚いたような声。

「優くん……もう固い」

「ええ。秀美さんのスリップに触ったら……」

「へぇ、優くんは本当にスリップに思い入れがあるんだ」

「ええ、実は、最初に射精した時、ママのスリップを抱いてたんです」

優が正直に打ち明けると、秀美はびっくりした顔でまじまじと優を見つめた。

「えっ、そうなの？　それっていつのこと？」

「中学校一年生の頃かな」

優は初めての射精の思い出を、秀美に打ち明けた。

——ある日、優が学校から帰ると、母親が出かける仕度をしていた。

田園町の町会長夫人が急逝し、今夜が通夜だという。弔問に行くためブラックフォーマルに着替えてきちんと化粧した母の姿に、優はドキドキするものを感じた。

「いろいろお手伝いすることがあるから、少し遅くなるかもしれない」

美穂子はそう言って出かけていった。その後に魅惑的な香水の匂いが漂う。優はなんとなく悩ましくなった。

サッカー部の練習で汗をかいたので、優は浴室に行きシャワーを浴びた。脱衣所に出た優の目に、洗濯機の蓋からはみでた白い布が目に留まった。

美穂子のスリップだった。黒服に着替える時、下着も黒に替えたので、それまで着ていたスリップを洗濯機へ放り投げていったのだろう。

ふいに胸がときめいた。

優は、母親のスリップ姿を見るのが好きだった。しかし、最近はあまりそういう機会がない。息子を男性として意識するようになったからかもしれない。

(ママ……)

そっと手を伸ばして、洗濯機のなかから白いナイロンのスリップをとりだした。

わずかに肌のぬくもりが残っているような気がした。すべすべした布に鼻を押しつけるとなじみ深い母親の肌の匂いも感じられるような気がした。

ふいに、まだ全裸の優の下半身に異変が起きた。まだ包皮の剝けない若い器官がいきなり充血をはじめたのだ。

「あ、痛い」

思わず呻いてしまった。亀頭が急激に膨張したので包皮が引きつったのだ。

それに手をやって手で剝いてやると、ピンク色した亀頭が露出した。

(えーっ、どうしてこんなに勃つの?)

突然の肉体の異変に、優は畏怖のようなものさえ感じた。

なぜ母親が先刻まで着ていたスリップを手にしたとたんに、勃起がはじまったのだろうか。

やはり、それを着けた美穂子の姿を魅力的だと思っていたから、その姿を思い浮かべたとたんに肉体が反応したのだろう。

（なんか、たまんない……）

優のペニス、腰椎《ようつい》、脊椎のあたりになんともいえないムズムズした感覚が湧き起こってきた。それは朝、夢見心地のうちに夢精する時に感じる、なんとも言えない快感の前兆だ。

優は真っ裸のまま、母親のスリップを手にして二階の自分の部屋に駆けあがった。

ベッドの上にスリップを広げ、その上に体をうつ伏せにした。ナイロンのすべすべした肌触りが熱く充血したペニスに擦れ、言いようのない快感がビリビリッと電気のように走ったかと思うと、ズンと腰椎を殴られたようなショックが走った。

「あっ、うっ……ママッ」

優は呻き、ドクドクッと精液をほとばしらせた。

オナニーというにはあまりにもあっけない摩擦での射精だった。

しばらく優は母親のスリップを抱き締めながらベッドの上で悶えていたが、ようやく正気にかえって泣きたくなった。

（ママのスリップを汚してしまった……）

精液のことは夢精現象の時に母親に相談したことがある。

「大人になった証拠。心配しなくていいのよ」と言われて安心したのだが、その時は自分の下着を汚しただけだ。

（うーん、なんて説明したものだろう）

困ってしまった。

仕方なく自分の下着と一緒にして洗濯機をまわしてしまった。つまり気をきかせて母のスリップなども一緒に洗ったように見せかけたのだ。

しかし、それ以来、洗濯機やバスケットのなかに母親のスリップとか下着の類を見ると、ドキドキしてしまう。スリップは時に着けてみることもある——。

「それじゃ、お母さんのスリップを着けてオナニーすることもあるのね？」

秀美がなぜか嬉しそうな顔をして聞いた。優はまた赤くなった。

「うん、時々。でも汚すようなことはしないけど」

「お母さん、気がつかないの？」

「ついてないと思うけど……」

「スリップだけ？　パンティは着けない？」

「えっ、あの……そこまで聞くんですか？」

優はもっと真っ赤になった。

「でも、スリップだけ興味があってパンティがないって、考えられないもの」

「それは……やっぱり、着けたいと思うけど、やっぱりママの気持ちになると、パンティはぼくに見られたくないんじゃないか、って気がして……時々触ってみることはあるけど、穿いたりしたことはないんです。肌に着けるのはもっぱらスリップ専門」

「ふーん……」

考えるような顔をしていた秀美は、すっとベッドを出ると、いったんバスルームに姿を消した。出てきた時は裸にバスタオルを巻きつけ、スリップとパンティを手にしていた。バスルームで下着を脱いできたのだ。

「優くん、これ、着てみて」

優は目を丸くした。

「えーっ、どうしてですか？」

「こうやって見てたら、スリップを着せたら案外似合うんじゃないかと思うの。それに私って、ほら、男おとこした男性って苦手でしょう？　もし優くんがこれを着てくれたら、男らしさがもっと薄くなるから、私もあんまり意識しなくてもすむかなって思って」

「はあ、そうなんですか。でも、うーん、なんか恥ずかしい」

秀美の言葉も、なんとなく説得力がある。優がここに来た理由は秀美とセックスして、セックスの快感を教えるためだ。まだその使命を果たしていない。責任感みたいなものを感じるから、秀美の希望はなるべくかなえてやろうと思った。それに正直なところ、秀美の着けていたスリップを着けてみたいという欲望もあった。

「パンティは汚れていないわよ。それ、病院で検査があるから、汚れたら穿き替えようと思って持ってきたものなの」

優は立ちあがり、まず秀美のパンティに脚を通した。

さっきまでは屹立していた牡の器官は、今は萎えているので、優の下腹は伸縮性に富んだ薄布にぴったりと包みこまれた。女性にはないふくらみも、さほど気にならない。

「どう、私のパンティ穿いてみて？」

聞かれた優は、恥ずかしそうに答えた。

「すてきです。すごく肌ざわりがよくて、こう、締めつけられるような感じもなんとも言えません」

「そう？　じゃ、スリップも着てみて」

優は今の今まで秀美の肌を覆っていたパールグレイのスリップを頭からかぶった。

それを整えてやる秀美は嬉しそうな顔をした。

「おやおや、意外に似合うわ。うーん、なんか変な気持ち。こうやっているところを見たら、優くんって女の子だと思っちゃうわ」

「そんなこと言わないでください。ただでさえ、おかまっ子だなんてあだ名で呼ばれてるんだから」

「いいじゃないの、言わせておけば。そうやって呼ぶ連中もね、きみがハンサムなのを羨んでいるんだから。ほら、鏡を見て」

二人で並んでベッドの縁に腰かけて、壁に貼られた鏡のなかの自分たちの姿に見入る。

「…………」

優は恥ずかしそうな顔だが、そうやってスリップを着けた自分の姿がまんざらでもなかった。胸のふくらみはないが、それがかえって思春期のボーイッシュな少女に見えなくもない。

「私ね、子供の頃は異性より同性のほうに憧れてた時期があったの。その後、叔父にレイプされたから、よけい男性が嫌いになってセックスもうまくできなくなったんだけど、こういう優くんとだったらうまくできそうな気がする。もしまた勃ったらの話だけど」

「大丈夫だと思います。秀美さんに触ってもらえたら」

「そう？　じゃあベッドに入りましょう」

また明かりを消して、二人はベッドに横たわって抱き合った。

再び主導権は秀美が握った。優の上にかぶさって濃厚な接吻。甘い唾液を優の口のなかにたっぷりと注いで呑ませる。その一方でスリップの上から少年のほっそりとした、少女のと言ってもいいような柔らかい、きめの細かい肌を撫でまわした。やがてその手はスリップの裾のレースの下へ潜りこんでゆき、少年の下腹を包みこんでいるナイロンのパンティに触れた。

「ああ」

優が切ない呻きを洩らした。

「うふっ、本当だ。大きくなってきた」

秀美が嬉しがる。裸身に巻きつけていたバスタオルをとった。

「優くん、私のも触って」

優の手がサワサワとした下腹の繁みに導かれた。

「ここが、女の秘密の場所」

優は肉の割れ目から温かい液が湧いているのに驚いた。

「秀美さん……濡れてる」

「そう。不思議ね、夫に触られても絶対に濡れなかったのに。スリップを着た優くんを見てたら、なんだか昂奮しちゃった」

秀美は優の指をとって、いちいち女の肉体の秘密を説明してやった。

優は秀でた生徒だった。秀美も激しく昂り、熱烈に愛撫し合った。

やがて秀美は少年に穿かせていたパンティを足先から抜きとった。スリップの裾をたくしあげると、若い逞しい屹立は垂直に天井をさしていた。人妻は感嘆した。

「雄々しいわ、ここだけ。優くん、きみは美しいアンドロジーナスよ」

その時の優には理解できない言葉を口にして、優雅な人妻は突然淫らになった。そそり立つ若い器官を口に含んだのだ。

「ああっ、秀美さん。そんな……アッ」

「いいのよ。私にまかせて、ジッとしていて……」

人妻は十五歳の欲望器官の先端から根元まで舌を這わせ、睾丸を揉んだ。

「こんなになって……嬉しい」

やがて全裸の人妻は、スリップの裾をまくりあげられて雄々しい怒張を剥きだしにして仰臥している少年の体にまたがった。

「ああ」

「おお」

優の亀頭はカウパー腺液をおびただしく吐きだしていたし、秀美の膣口からは薄白い愛液が溢れていたから、潤滑になんら問題はなかった。

気がついた時、優の怒張は熱い肉のなかに埋めこまれていた。緊く締めつける粘膜の襞。

「秀美さん……ああ、最高」

「優くん、嬉しい……ぴったり嵌まってるぅ」

うわずった声を張りあげた美人妻は、ゆっくり腰を浮かし、また沈めた。

「うっ、あーッ……感じる。すごくいい気持ちよ。優くん、優くん……」

幼い時に叔父から受けた仕打ちで性の快楽への扉を自ら閉ざしてしまった女は、今、優の少女と見まがう肉体の上でその錠を打ち壊したのだ。

一度噴きあげている優は、よく持ちこたえた。

秀美は少年の体の上で、一度、二度、三度と体をうち震わせた。四度目の痙攣が走った時、少年は、

「あー、あっ、秀美さんッ」

甲高く叫んで、弓なりに背を反らし、太腿を痙攣させて秀美の膣奥に若牡のエキスを噴きあげた。

その日、優は秀美の体の奥にもう一度、精液を注いだ。秀美は優のペニスを飽きることなくくわえ、しゃぶりたて、アヌスにまで舌を這わせた。優は最後まで秀美のスリップを脱がなかった。

それからというもの、秀美は優に夢中になった。もちろん優も。

二人はこっそりしめし合わせて待ち合わせ、秀美の車でラブホテルへ行った。

密会の時、秀美は何枚かの下着を持参することを忘れなかった。

シャワーを浴びたあと、優はそれらの下着、スリップやキャミソール、パンティを身に着け、秀美の手で化粧をほどこされた。優はもともと長髪だったから、たちまちボーイッシュな感じの美少女に変身した。秀美は優の前にひざまずき、最初はパンティの上から唇で刺激し、次にパンティを引きおろして怒張した男性器官をくわえ、しゃぶり、舐め、吸った。

時に優が、早まって秀美の口腔に噴きあげてしまうこともあったが、秀美は美味《うま》そうに青臭い白濁液を呑みこんだ。

どんな時でも優は必ず四回、五回と射精して、倍も年上の熟女を悦ばせた。最後の頃、秀美は優の腕のなかで失神することもしばしばだった。

そのせいでか、秀美は美しくなった。清楚で気高い美しさに妖艶さが加わった。

夫がマレーシア出張から帰って妻を抱いた時、彼は狂喜した。

「あの病院はすごい。おまえの冷感症をよく治したものだ……」

人のよい夫は、まさか秀美が他の男性と浮気した可能性など考えもしなかった。実際、それまでの秀美は、愛している夫であっても男性に抱かれると忌避反応を示し、心を閉ざしていたのだ。

夫が帰国しても、秀美はしばしば優と密会した。

「不思議ね、優くんと会って楽しんでも、夫を裏切ってるという実感がしないの。きみと楽しむのは妖精と遊んでいるみたい。つまりこの世の生臭いセックスじゃなくて、夢の世界でのセックス。だから浮気なんかじゃない」

秀美はそう言い、彼のために買った繊細でセクシィなデザインのランジェリーを纏って雄々しく勃起している優をかき抱き熱い接吻を浴びせるのだった。

しかし、別離の時がやってきた。マレーシアの水力発電所建設が本決まりになり、発電と変電施設を受注した会社が、夫に現地での設計責任者としてマレーシア赴任を命じたからだ。子供も面倒みる家族もいない秀美であれば、夫の赴任先に同行しないわけにはゆかない。

最後の密会の時はあまりにも激しく燃え、秀美は何回となく失神を繰りかえした。

それほど彼女の性感は豊かに開発されたのだ。

一カ月前、秀美は夫とともにマレーシアに発っていった。

第八章　牝犬調教契約書

秀美との激しく燃えた時間のことを思いだしているうち、優の器官は再び膨張して、ズキズキいいはじめた。

(やっぱりスリップとかキャミソールももらっておくんだったな)

パンティ一枚だけを記念にもらったのは、スリップなどでは隠し場所に困ると思ったからだ。しかし、秀美といる時はいつもスリップを着けていたから、その感触が懐かしい。

(秀美さんに言って、スリップを送ってもらおうか……)

そんなことまで考えたが、どうやったって母親の美穂子にバレてしまう。

ふいに自分でも突拍子もないアイデアが湧いた。

(そうか、スリップならママだって持ってるんだ)

そもそも優のスリップに対する執着のきっかけは、美穂子のスリップだったのだ。

(ママのをこっそり借りてみようか)

これまでそういう考えが湧かなかったわけではないが、実の母の下着に触れることは、とりもなおさず想像の上で犯すことでもあるから、優としては罪悪感めいたものを感じないわけにはゆかない。それで躊躇っていたのである。

（でも、どんなのを持ってるのか、それを見るだけでも……）

母の下着入れを探ってみたいという好奇心がムラムラと湧いてきた。

今日は母親が遅くなると電話してきている。もし誰かとデートなら、真夜中近くになるのではないだろうか。

（よし……）

意を決して少年は美しい母親の寝室へと向かった。

いつもキチンと整っているベッドの傍に洋風簞笥《だんす》が置かれていて、下のほうの引き出しに下着をおさめていることを、優は知っている。

やっぱり母親の目を盗んで、最も親密な衣類に触れるだけに、泥棒をするような後ろめたさと昂奮を感じ、引き出しに触れた優の手はブルブル震えた。

（わ、きれいだ）

下から二段目にパンティやガードルの類がおさめてあった。白とベージュが圧倒的に多いが、サックスブルー、淡いピンク、赤、黒などのものも目について、花園のような華麗さだ。

優はたちまち罪悪感を忘れた。

ちゃんと元どおりにしないと美穂子はすぐに気がつくだろう。

(うっかり触れないな)

そう思いながら別の引き出しを開けてみた。そこにスリップやキャミソール、ブラジャーなどがおさまっていた。

(へぇー、こんなに持ってたのかぁ)

優は驚嘆した。あまり下着に凝らないと思っていたのに、ランジェリーの類のコレクションはたいしたものだ。それに赤や黒のものなどもけっこう多い。

優は注意深く一枚一枚、点検していった。

やがて気がついた。セクシィなデザインのものは最近買ったものらしい。新しいものはまだブランドの札がついたままになっていたりする。

(最近になって下着に凝りだしたというのは……)

やっぱり好きな男性ができたということだろうか。

秀美も、優と密会する時のために、いろいろ新しい下着を買ったものだ。

その推測は、優がこれまで見たことのないランジェリーを発見した時、確信に変わった。

(えーっ、これは⁉)

一番奥のほうにしまいこまれていたのは、黒いミニスリップ、ブラジャー、ガーターベルト、それにバタフライに近いタンガーショーツだった。

ガーターベルトというのは知っているが、男性雑誌のグラビアのなかだけだ。母親がそんなものを身に着けるとは思わなかった。もともと男性に見せるためのランジェリーだ。

優はそれを着けた母親の姿を思い浮かべてみた。

それだけで男性器官にいきなり充血がはじまり、穿いていた秀美のパンティのなかでムクムクと膨張して、テントを張る支柱のようになってしまった。

（ママは、これを着けて誰とデートしているんだろう？）

嫉妬めいたものを覚えながら、さらに引き出しの探索をつづけているうち、もっと少年を驚かすものが発見された。

きちんと折りたたまれておさめられているランジェリーの一部が少し乱れている。どうも頻繁にその部分のものだけを出し入れしている感じだ。

優はそのなかの一枚を取りあげて、その下に何かあるのを発見した。

（えっ？）

雑誌だった。

「うわ」

取りだして表紙を見たとたん、優の目は飛びだしそうになった。目を疑った。縛られた裸女の写真だったから。

『別冊SMプレディター——熟女人妻調教』というタイトル。

（これって、SM雑誌⁉……）

秀美と同じように、何事にも控えめな、どこか頼りなげなところのある、だからセックスについてもあまり関心がないように思える母親が、どうしてSM雑誌などを隠し持っているのだろうか。

優はおそるおそる雑誌を開いてみた。最初のグラビアページを見たとたんに、背筋を電流が走った。いや、腰椎に何かが叩きつけられたような気がした。

ズキン。

全身の血が一瞬にして沸騰した。

母親が裸にされて縛られている……一瞬、そんな錯覚を覚えたからだ。

舞台はどこか別荘を思わせる広い洋間。その中央の柱に、年の頃も体型も、容貌まで美穂子によく似た女性が、パンティ一枚で後ろ手に縛りつけられていた。

白い、よく脂ののった豊満な肉体にギリギリと縄が食いこむ緊縛。大きな乳暈を持つ乳房は上と下からの縄で紡錘状にくびりでている。最初はベージュ色のパンティが腰を覆っていたが、ページをめくるとそれは引きおろされて、黒い光沢のある秘毛の丘が剝きだしになっている。もちろん雑誌では修正が施されているが、その部分にさまざまな責めが加えられている。

床に置かれた棒の両端にそれぞれ足首をくくりつけられているので、裸女は股を閉じることができない。そうやって晒し責めにされた上、二人の女――こちらは革のボンデージルック――が左右から、または前後から、いろいろに嬲っている。裸女の股間に押しこまれるバイブレーター、ワインの瓶、キューピー人形、そして胡瓜、茄子、大根の類。

手拭いで猿ぐつわを嚙まされた女性の表情は耐えがたい苦痛に歪み、涙が頰を濡らしている。

説明文には『出産経験のある人妻の肉体は、調教によって想像できないものを受け入れられるようになる。今、女の体を知り尽くした同性によって、彼女は……』とある。

そして最後のページを繰った少年は、息を吞んだ。

責められる女よりもう少し年上と思われる熟女が、自分の手首をすっぽりと膣に埋めこんでいるのだ。

拳を埋めこまれた裸女の体は柱に対して弓なりに反りかえっていた。不思議なのは、その表情が、それまでの苦痛ではなく、一種陶酔を思わせる、性的歓喜の表情になっていることだ。もう苦痛を通りこして失神寸前なのかもしれない。

（す、すごい！）

優は責めの残酷さと、責められる裸女の凄艶さに圧倒され、ボーッとなってしまった。

もちろん激しい昂奮を覚え、秀美のパンティの前のほうは破られるのではないかと思うほど突きあげられ、支柱となった肉茎の先端の部分にはシミがひろがっていた。

（たまらない……）

優はその雑誌と黒いスリップ、パンティを手にすると、自分の部屋に戻った。


優が孤独な悦楽にひたっている時、その母親は樹里と一緒にタクシーのなかにいた。

軽い食事のあと、代官山の樹里のマンションに向かう途中だった。

優はてっきり男性だと思っているが、美穂子の頻繁なデート、そしてハードなセックスの相手は、同性の古矢樹里なのだ。

『ラ・コスト』へ連れてゆかれ、翌日まで倒錯の色彩が濃厚なレズビアンに責め抜かれて以来、美穂子は自らすすんで年下の美女の性的パートナー——実態は性的奴隷——になることを誓わされた。誓いの言葉は樹里の性器と肛門への接吻で仕上げされた。

今、美穂子は年下のキャリアウーマンは単なるレズビアンではないことを知っている。彼女は年上の熟女を支配し屈伏させ、嬲り責めにして快楽を味わう、骨の髄までのサディスティンなのだ。

樹里は週に一度か二度、彼女を誘う。

食事をしてから代官山の彼女のマンションに連れてゆかれ、そこで調教を受けるのが決まったコースになっている。夢見山まではタクシーで帰ることになるが、その料金は樹里が払う。

「職場では、絶対に二人の関係は秘密」と樹里は言い、それを実行している。

交わすのは同僚としての挨拶と、仕事に必要な会話だけ。樹里は見事なまでに素知らぬふりを通している。

二人の連絡方法は、社内ネットワークのメールだった。

職場の誰もが、樹里と美穂子がレズビアンの悦楽をともにしているとは思っていない。

工藤部長も、いつもと同じ態度で美穂子に接している。樹里は「絶対にあなたを狙っている」というが、そんなそぶりは今のところ、感じられない。

タクシーのなかで、樹里はもう年上の愛人奴隷を嬲りはじめる。

樹里が「牝犬調教」と呼ぶ、一連の儀式の前奏曲だ。

今夜もまず、彼女の手が運転手の目を盗みながら美穂子のスカートのなかへと潜りこみ、太腿を撫でてきた。

「感心感心。ちゃんと履いてきてるのね」

美穂子は顔を赤らめ、俯いてしまう。樹里の大胆な行為に運転手が気がつくのではないかと、いつも気が気ではない。同時に第三者がいる前で自分の肌を嬲られることで、急激に昂奮してしまうのも事実だ。

デートの時は、必ずガーターベルトで太腿までのストッキングを吊る。

これが牝犬奴隷としての第一の心得。つまりガーターベルトにストッキングが奴隷の制服というわけだ。

今日も帰りぎわ、トイレのなかでパンストから履き替えてきたのだ。ガーターベルトもストッキングも、樹里が買って与える。だから美穂子の衣装簞笥の引き出しには、色とりどりのガーターベルトが揃っている。ガーターベルトはブラジャー、パンティなどと揃いのものが多いので、当然、他のセクシィなランジェリーも豊富になってしまった。

ガーターベルトで吊るストッキングというのは、スカートを穿いていれば問題ないように思えるが、何かの拍子に太腿の素肌が見えてしまうのではないか、とひどくハラハラして、階段の昇り降りでさえスカートの裾を気にしてしまう。不思議なもので、その衣装を着けたとたん、樹里の性的な奴隷の身分というものを強く意識してしまうのだ。

樹里の不作法な手がストッキングとパンティの間の、内腿のなめらかな素肌をまさぐる時にパンティの底の部分を撫でる。その間、ふつうの会話を交わしているのだが、美穂子の息づかいはどうしても荒くなる。言葉が途切れる。

目的地に着いて降りる時、狭い車内に強く牝臭がたちこめるのが常だ。

そうやって美穂子にマゾヒスティックな期待を与えてから、やおら樹里がバッグのなかから取りだすのが、犬用の首輪だ。

『ラ・コスト』のマリというシーメールが、百合というマゾ奴隷に嵌めていたのと同じような、頑丈なものである。

二人の間には――というより、樹里の一方的な押しつけであるが――この首輪が調教開始という取り決めがある。これを嵌められた瞬間から美穂子は樹里に対していかなる抵抗もできない。完全な性的奴隷として奉仕する身になるのだ。つまり性的奴隷の身分証明である。

「もう……」

いつもは彼女の部屋に着いてからそれをされる。タクシーのなかで首輪を装着されるとは思っていなかった。美穂子は狼狽し、怯えた。同時に激しく子宮が疼きはじめた。

「あなたにお似合いのチョーカーを買ってきたのよ。嵌めてみなさい」

手渡されたそれを、美穂子は震える手で自分の細首に嵌めた。中年の運転手が、少し変わったアクセサリーだなと思ってくれることを願いながら。彼の注意は時々バックミラーを介して美穂子に注がれている。

「似合うわよ。すてき」

樹里は上機嫌で言い、スカートの下の指を巧みに蠢かせた。薄い布ごしの、同性ならではの的確な愛撫に、美穂子のヒップがうち震えた。

「あ」

感じる声と喘ぎを必死でかみ殺す。秘唇に食いこんだ部分の濡れようを確かめて、樹里は満足そうな笑みを浮かべる。それから意地悪な質問を浴びせた。もう、答えを拒否することはできない。

「ねえ、この間の雑誌、どうだった？」

美穂子は顔を赤らめた。それは『別冊ＳＭプレディター——熟女人妻調教』というＳＭ写真集だった。それを樹里は封筒に入れ、何気ない顔をして美穂子に手渡したのだ。

「資料です。明日までに目を通しておいてください」

その夜、美穂子は朝まで自慰に耽って、寝不足の顔で出勤しなければならなかった。

「私、うっかり帰りの電車で封を切って、なかを覗いて仰天しちゃいました」

「そんなに過激かなぁ。ぴったりあなた向きだと思ったから貰ったのよ」

さすがに運転手の耳を気にして声をひそめる樹里。

「あのなかによく似たモデルさんもいたわね。最初のフィストファックされてるのと、後ろのほうにセーラー服着せられて責められてるの。そう思わない？」

「はい。びっくりしました。でも体は向こうがきれい」

「どうして。私はあなたのほうがきれいだと思うけどな。ああいう雑誌に売りこんでみたら？　高いモデル料とれるわよ。よかったら私が話をつけてあげようか。いま債権回収で揉めてる相手が編集プロダクションの社長で、あの雑誌を作ってるところ。次は……なんて言ったかな、そうそう『牝犬邪淫調書・緊縛編』という写真集を企画してるんだって。こっちの条件呑むかわりに、だれかいいモデルを紹介してくれって、虫のいいことを言うんだから。人妻とか未亡人がいいんだって。ぴったりじゃない、あなたに？」

「やめてください。そんなことできるわけありません」

「おや、それは規則違反ね。十点に値する」

言いかえしたりすると、罰点が与えられる。一点がスパンキングの一打だ。

「首輪嵌められただけでパンティこんなにぐしょぐしょにして、お上品ぶったってダメよ。たぶんあなたのことだから、あの雑誌、すり切れるまで読んでオナニーしたんじゃないの。

次の朝の顔に書いてあったわよ。ははは」

意地悪く笑う樹里。やがて二人はマンションに着いた。玄関ホールからエレベーターに乗って、さらに廊下を歩きながら美穂子は終始俯いていた。誰かに自分の首輪姿を見られた時のことを思うと恐怖で膝がガクガクいう。

幸い、誰とすれ違うこともなく樹里の部屋に着いた。

調教はすぐにはじめられた。

美穂子は玄関を入ったところで、その日着けてきた黒いガーターベルトとベージュ色のストッキング以外は全部脱いで、居間へ向かう廊下に四つん這いになり、樹里のスパンキングを受ける。

「さっきはタクシーのなかでよくも口応えしたわね」

いろいろなミスを取りあげて罰点を計算し、合計回数だけ強烈な平手打ちを丸だしの臀部に浴びせるのだ。

今夜は二十五発。浴び終えた時、熟女未亡人の頬は涙に濡れ、秘唇から溢れでた愛液は腿を濡らして廊下のカーペットにまでシミを作ってしまう。

居間に入ると樹里はゆったりした肘かけ椅子に座る。美穂子はポートワインをリキュールグラスに注ぎ、傍らのテーブルに置く。

琥珀色の美酒を啜る残酷で美しいサディスティンの前にひざまずき、美穂子は樹里の履いているストッキングをうやうやしく脱がすのだ。彼女もまた、ガーターベルトで吊ったストッキングを履いているので、内腿まで手を伸ばして留め金をはずし、薄くて透明な、もう一枚の皮膚のようなナイロンの布を剝きおろして爪先から抜き取る。

それからが本格的な奴隷の奉仕だ。樹里のペディキュアを施した足指に接吻し、ストッキングとハイヒールのなかで蒸れた匂いを発散しているそれを口に含み、舌で一本一本を洗うように舐めてゆく。右の脚が終わると左。舌が痺れ顎が痛むまで奉仕する。樹里の気に食わないと蹴り倒され、乗馬鞭が乳房や下腹に飛ぶ。

今夜は蹴り飛ばされることもなく、脛《すね》、ふくらはぎ、膝と美穂子は唇を這わせ、うやうやしい接吻を年下の美女の脚全体に浴びせた。

「よし」

すっくと立った樹里はリキュールグラスを手にスタスタと寝室へ入っていった。後を追った美穂子は、彼女が脱ぎ捨てた衣服を丁寧にたたんだり、ハンガーにかけて衣装ロッカーにおさめたりして家事奴隷の役をつとめる。

樹里はパンティ一枚――今日は薔薇色の薄いスキャンティ――を投げ捨てると、ベッドの縁に腰かけて股を開く。その股間に再びうずくまって、美穂は凄艶な女主人の秘部へ情熱的な接吻を浴びせる。それから熱心に舌をつかい、秘唇の谷の奥、女の魅惑の源泉から溢れでてくる蜜液を舐めとるのだ。

最初のうちは樹里をうまく刺激することができなくて、やはり何度も蹴り倒された。今夜は樹里の生理周期からいって刺激に敏感に反応する時期らしく、愛液の分泌と溢出は旺盛なものだった。

「あー、あっうっ……おお……」

樹里は珍しく自分が先にオルガスムスを味わおうとした。最後は美穂子の頭をしっかり抱えこみ、強靭な筋肉を秘めている太腿で頰を挟みつけた。ツンとくる蒸れた牝臭にむせながら、一瞬、美穂子は窒息の恐怖を覚えた。

素っ裸の樹里はぐったりとベッドに仰向けになった。しばらくワナワナと全身を痙攣させて余情にひたっていたが、やがてパッチリと目を開けると、美穂子にリキュールグラスを要求した。

性奴がそれを手渡すと、年若の女主人はそれを口に含み、美穂子を抱き寄せた。二人の唇がぴったり合わさり、樹里の舌が美穂子の口腔内にすべりこんできた。同時に甘くかぐわしい琥珀色の、薬草入り美酒が唾液とともに注ぎこまれ、美穂子はコクコクと喉を鳴らして嚥下した。その瞬間に美穂子の全身に震えが走るのを樹里は感知した。この熟女未亡人は、マゾ性と同時に自分のなかに眠っていた豊かな性感、レズの資質も目覚めさせられ、そのお陰で樹里から接吻を受けるだけでイッてしまうのだ。

「キスだけでイクなんて、本当に淫乱な後家ね」

樹里はひとしきり美穂子に唾液を与えてから、オルガスムスの余韻にひたる女体をカーペットに仰向けに蹴り倒した。

「さあ、今度はアナル調教よ！　仕度をして！」

最近の樹里は、なぜか、美穂子の肛門に異常な興味を示した。

日常でも、毎朝、必ずイチヂク浣腸を自分の手で施し、腸に宿便を残さないように要求する。その後はシャワー浣腸だ。シャワーの勢いを強くして、温水を肛門へ浴びせると、浣腸による排便で緩んだ肉の門から容易に湯が直腸へと注ぎこまれる。これを三度もつづけると排泄される湯は澄んだものになる。樹里はそれを毎朝要求するのだ。

また、直径が先端で一センチ、根元で二・五センチほどの槍の穂先状のバイブレーターを渡し、「これで毎晩アナルオナニーをしなさい」と命じている。

最初はその先端だけでもなかなか挿入できなかったのだが、今では根元まで容易に入るようになった。つまり二・五センチまでは拡張できたわけだ。

樹里の部屋で行なわれるアナル調教はもっと過酷だ。

ガーターベルトにストッキングのまま、細縄でしっかり後ろ手に縛られ、樹里の分泌物や尿をたっぷり吸ったパンティを口のなかに押しこまれてしっかりと猿ぐつわを嚙まされた美穂子は、広くて清潔なバスルームへと鞭で追い立てられる。

浴槽の横には洋便器が設けられている。

美穂子はガラス製の浣腸器に冷水で薄めたグリセリン液を注入される。最初は二百cc。すぐに便意が襲うが、樹里は排泄を禁じておいて、自分はシャワーを浴びる。浴槽の湯につかりながら、叱咤して耐えさせる。もちろん脂汗を浮かべ、ブルブル腿や臀部の肉を震わせ、腹部を波打たせて苦しむ性奴の哀れな姿を、冷笑を浮かべて眺めながら。

必死に耐えられればよし、樹里の許可が出る前に洩らしてしまうと、凄絶な鞭打ちが待っている。

浣腸と排泄の責めは三度連続する。二度目は四百ccに増量。三度目は温水だけ千cc。

これで腸がすっかり洗浄されると、いよいよ肛門拡張訓練だ。

ベッドの上にビニールシートが敷かれ、後ろ手に緊縛されたままの美穂子は、うつ伏せに臀部を持ちあげた屈辱的な肛門凌辱の姿勢をとらされる。

医療用の薄いゴム手袋を嵌めた樹里が、全裸のままで歩み寄る。局方白色ワセリンで充分潤滑した指を、美穂子の臀裂の奥、周辺から中心へかけてしだいにセピア色の濃くなる排泄孔へ突きたてる。

「むー、うっう、うむー……」

寝室に苦悶する声が充満する。

そうやって充分に肛門を広げ、直腸の奥までを抉りぬき掻きまわすようにして揉みしだいた後、樹里はペニスバンドを腰に装着し、擬似的なアンドロジーナスに変身した。

「さあ、これが欲しかったんでしょう？　たっぷりくれてやるわ」

グロテスクに男性器官をかたどったシリコンゴムを美穂子にくわえさせ、フェラチオ同様の行為で唾液潤滑をほどこさせたあと、樹里は豊艶なセックス奴隷をベッドにうつ伏せにした。豊かな胸乳をシーツにつけ、臀部を高く持ちあげて股を開かせる。

秘裂からおびただしい愛液を分泌させている美穂子のアヌスは、もう充分にほぐれて、ひょっとしたら握り拳でも入るのではないかと思うぐらいだ。それは腔腸動物の食餌孔のように貪婪《どんらん》な印象だ。ヒクヒクと蠢き、何かを呑みこもうとしている生き物。

樹里は片手で擬似陰茎の根元を握りしめた。直径はゆうに三・五センチ。五日前の調教では、美穂子は中途で失禁し、そのまま意識を失った。今回はなんとしても成功させようと、責める側も受ける側も真剣そのものだ。それは性愛儀式というより、何か求道的な儀式のように見えなくもない。

ズブリ。

亀頭部がめりこみ、

「うっ、はあっ、うむ、むー……」

樹里のパンティで口を塞がれている美穂子が苦悶の呻きを洩らして背をのけ反らせる。脆《ぜい》弱《じゃく》な肛門周辺の粘膜を傷めるのは樹里も望むところではない。慎重にしかし断固とした決意を持って腰を進めてゆく。ジワジワと押し広げられる括約筋のリング。

メキメキ。

そういう音が聞こえそうなぐらい筋肉が軋んだかと思った次の瞬間。

ズボ。

淫らな摩擦音を発して亀頭冠の部分が埋没した。

「入ったよ、先が」

ググと力をこめるとあとは一気だった。

「やったね。根元までズッポリ。美穂子もこれで肛門奴隷として一人前だわ」

樹里は満足そうな吐息をつき、腰をつかいはじめた。

「あー、あうう、うっ……ム！」

美穂子は、最初、肛門と直腸を犯されて快感が得られるとは思っていなかった。あったとしてもそれは、排泄孔まで支配されるという精神的汚辱感によるものだと思っていた。ところが、実際に、アヌスを抉られると快感が生じるのだ。

ズーンという快感が腸の深いところから生じて、その波紋が子宮を揺さぶる。

たちまち子宮で業火が燃えあがり、秘裂からは樹里でさえ失禁したと誤認するほどの愛液が溢れてくる。そのまま強く抽送されると、

「うぐー……ククッ！」

美穂子は白い喉を反らせて全身を躍動させ、ジャーと透明な液を大量に尿道口から噴き散らして痙攣し、ガックリとシーツに伸びてしまった。凄絶なオルガスムス自失だ。


美穂子が意識をとり戻した時、彼女は部屋に一人だった。居間のほうから樹里の声が聞こえた。どうやら電話で誰かと話しているらしい。

何か真剣な口調で質問し、その答えを吟味している。

最後に樹里が言うのが聞こえた。

「わかった。いよいよ大詰めということね。では鼠とり作戦を実施するわ。餌はもうできているから」

（鼠とり作戦？……餌？……なんのことだろう？）

まだボーッとして理性的な思考ができない。

ペニスバンドを装着したままの樹里が戻ってきた。

「おや、気がついたのね。今夜のおまえは上出来だったわ。じゃあ、ご褒美をあげよう」

今度は前手錠にされて、口のなかから唾液を吸ってぐしょぐしょのパンティを抜きとる。

仰臥させて膝を肩へ担ぐ、屈曲位の姿勢で樹里は年上の熟女をペニスバンドで犯していった。もちろん直腸を抉ったあとのそれは念入りに清拭され消毒されている。

美穂子はまたGスポットを刺激されて、激しい快感に裸身をうち震わせた。

オルガスムスへ駆けのぼる途中、樹里は無慈悲にセックス奴隷の膣から責め具を抜きとった。

「あーっ、お願い。やめないでくださいッ、イカせてくださいっ!」

狂乱して哀願する美穂子に樹里は冷やかな声を浴びせた。

「これから私が命じることを受け入れたら、イカせてあげる。また気絶するまで」

「ど、どんなことでしょう?」

痺れた頭脳をようやく働かせて美穂子は問いかえした。

「簡単なこと。近いうち、たぶん明日か明後日あたりに工藤部長があなたを誘う。食事かベッドか、あるいは両方か……」

工藤部長とは亡き夫が数年間仕えた上司で、今は樹里、美穂子二人の直属上司である。

「どうしてわかるんですか？　今までそんな素振りを見せたことがないのに」

「いいのよ、あなたが考えることじゃないんだから。とにかく部長から誘われたら、それを承諾しなさい」

「だって……」

「私のことを気にしなくてもいいの。とにかく部長に誘惑されて、彼が望むならすべてを与えなさい。寝るってことよ。言っておくけれど、彼は人妻や未亡人が好きで、特にアヌスを犯すことに執着する男」

美穂子は驚いた。

「そんなこと、どうしてわかるんですか？」

「調べたから。だからあなたは彼の餌になるの」

では、さっき樹里が電話で言っていた餌とは、美穂子のことだったのだ。

「そんな……」

美穂子は呆然としてしまった。

「彼の目的は、本当はあなたの肉体じゃない。ま、それも欲しいだろうけど、彼が欲しがるのはあなたにさりげなく尋ねる質問の答えなの」

ますますわけがわからない顔をする美穂子。

「そう。彼はこう聞くはず。あなたの旦那さんの文雄さんが、生前、十国銀行に関する書類をどこか家のなかに置いてなかっただろうかって……」

「そんなもの、ありません」

即座に美穂子は答えた。夫の死後、遺品はすべて整理した。仕事の関係での重要書類と思われるようなものは何ひとつなかった。

「わかってるの、私たちにも、それは……でも、こう答えて欲しいの。夫の書斎の書棚の裏に隠し戸棚があって、そこにそういう書類が封筒に入って置いてある……って」

「隠し戸棚なんてありませんのに」

美穂子が答えると、樹里はその頬が歪むほど平手で引っぱたいた。

「そんなことはどうでもいいのッ。言われたとおりに答えれば。さあ、言われたとおりにする？　しない？　しなかったら、この格好でマンションの外に放りだすわよ」

美穂子は何も考えずにうなずいた。

「言うとおりにしますッ。だから……」

「よしよし」

「私に、質問？」

樹里はニッコリ笑い、再びディルドオを女体の噴火口へと埋めこんだ。
美穂子は何度となくイッて、声がかれるほど絶叫して失神した。

第九章　悪魔の肛姦条件

驚いたことに、樹里の予言は見事に的中した。

翌日、昼休み少し前、部長の工藤が何気ない様子で美穂子のデスクに近づいてきた。

「あー、司くん。えと、前からちょっと考えていたんだが、きみもずいぶんよくやってくれてるので、一度、お礼の意味で食事でもどうか、と思っているんだが、どうだろう？」

美穂子は驚きを顔に表わさないよう努力して、微笑みをかえした。樹里はどう対応したらいいか、昨夜、すべて指示を与えていた。彼女はその指示に従った。

少し戸惑ったような表情。誘惑されるのではないかという懸念をチラと見せる。

「そんな……部長のお蔭で私も楽しく働かせていただいて、生活のほうもなり立っているのですから、そんなお気づかいはなさらないでください」

「いや、誤解しないで欲しいのだが、純粋に感謝の念と、生前の司くんの思い出なんかも少し話し合ってみたいなと思ってね」

「はあ、そういうことでしたら……」

「今晩と明日ぐらいなら、私もヒマなのだが、司くんのほうに差支えがなければ」

（えーっ、樹里さんの言うとおりだわ）

美穂子は少し考えるふりをした。

「息子は最近、一人で食事も作りますし、私がいなくても大丈夫ですから……そうですね、今晩だったら大丈夫だと思います」

工藤が目に見えてホッとした様子を見せた。

「そうか。それはありがたい。では、『ひら井』ではどうだろう？　六時には行けると思うのだが……」

幹部がよく接待に使う高級料亭だ。美穂子はびっくりしてみせた。

「そんな高級なところでは……私、たいした仕度もしてませんですし」

「いやいや、そんなことは気にせんでください。気楽にしていいんです。なんだったら離れのほうをとってもらいましょう」

つまり、他の客と顔を合わせることが少ない別棟ということだ。結局、美穂子は業務を終えたあと、『ひら井』を訪ねることを了承した。

樹里は出かけて席にいない。美穂子は素早くメールを送っておいた。

『K商会より送金通知あり。六百万円。領収書は平井部長名義です』

これで帰ってきてメールを見た樹里には、工藤が美穂子を『ひら井』に誘ったことがわかる。

(だけど、いったいどうなってるのかしら? 樹里さんは工藤部長を罠にかける気なのだ。ということは、あの人は別の誰かの指図で動いているということかしら?)

十国銀行内部にも派閥争いはあって、頭取派、副頭取派、常務派と三つの派閥が鬩《せめ》ぎ合っている。工藤は常務派で、最有力派閥のエースと見られている。

(私は餌なんだ。鼠に食べられる……)

樹里は「何も心配することはない」と言ってくれた。ただ、工藤の望むようにして、求められれば体も与えよと……。

何か自分の身の上に不吉なことが振りかかりそうな予感に、美穂子はふと身震いした。

約束の六時、美穂子は歩いて五分ほどのところの高級料亭を訪ねた。

「はい、工藤部長さんのお連れの方。わかりました。離れへどうぞ……」

仲居はきれいに掃き清められ打ち水のされた中庭の通路を、店の奥へと案内した。日本庭園の築山の陰にひっそりと離れはあった。少人数の会食用の小部屋らしく、植えこみが巧みに配置されて出入りが目につかないようになっている。

茶室風の、掘り炬燵のある四畳半の部屋だった。

工藤の来るのを待つ間、隣の部屋の襖を開けて覗いてみて、美穂子は驚いた。

夜具が敷かれている。

（ここって……逢引に使う場所なんだわ！）

檜の浴槽を設けた浴室も備わっている。

（いったい、どうなるのかしら？　樹里さんは本気で私を工藤部長に抱かせる気みたいだし……）

思いは乱れるばかりだ。

樹里の性奴として仕える身に満足している美穂子は、樹里以外の人物と肌を合わせる気にはなれない。しかし支配者である樹里が命じるのだ。それに逆らうことはできない。

六時を少しすぎて、工藤がやってきた。

「やあ、待たせて悪かった。ちょっと打ち合わせが延びて……まぁ、膝を崩して気楽にしてよ。お家のほうは大丈夫？」

「ええ、息子には留守番電話を入れておきましたから」

「まぁ、優くんもすくすく育って、手もかからなくなった。何よりだね」

職場よりずっとなれなれしい雰囲気を、工藤はあえて生じさせようとしている。

食事が運ばれると、樹里の命令どおり、美穂子は酔ったふうを装った。

工藤は美穂子の将来を心配すると装って、しきりに家庭内のことを知りたがった。

また、それとなく美穂子に再婚の意思があるのか、性生活のほうでは孤閨《こけい》に耐えられるのかを探りにかかった。

そのことも樹里の指示のなかにあった。その場合は「正直に答えるのよ」というのだ。

「いい人がいたら再婚したいとは思いますが。でも、息子も今の状態で安定しておりますし、私もしばらくは自由でいたいと思うのです。でも、やっぱり不自由なことはひとつありますわね」

そこで媚と恥じらいを含んだ微笑を浮かべて俯いてみせる。いかにも性欲の強そうな工藤は、身を乗りだしてきた。

「不自由というと？……」

「ああ、そこまで言わせるんですか？」と顔を覆う。

「なるほど。やっぱりね……」

工藤は決断したようだ。

「話がここまで来たから、ぼくも紳士ぶるのはやめよう。実はね、ぼくは美穂子さんのことを、ずっと欲しいと思ってきたんですよ。どうです、そっちの不自由はぼくが解消してあげましょう。そのかわり、困ったことの相談にはなんでものってあげる。息子さんの進学、就職、いろいろあるでしょう。もちろん美穂子さんが再婚ということになればいさぎよく身をひく。それは約束するから、その、なんだ……不自由なことの面倒をみさせてもらえないだろうか」

そうやって手を握りしめられた。美穂子はその時になって体の異変に気がついた。

酔ってしまったほうが演技しやすいと思い、少しよけいにビールを呑んでいたが、その酔いが体を火照らせ、同時に子宮が何かで炙《あぶ》られたように感じはじめた。パンティの底が濡れているのが自覚できた。

（こんなに酔って、昂奮するなんて……）

ハッと気がついた。仲居か誰かを籠絡しておけば、酒や食べ物のなかに媚薬を仕込んでおくことは簡単だ。樹里もリキュールのなかに薬草から抽出された媚薬を混ぜている。この効果はよく似ている。

「部長……」

立ちあがろうとした時は抱きすくめられ、唇を奪われていた。樹里にはない男の匂い。美穂子は頭がクラクラして理性がいっぺんに痺れた。

気がついた時は全裸にされ、隣室の布団のなかにいた。工藤も裸で、昨夜、樹里が使ったのと同じほどに巨大な肉茎で美穂子を貫いていた。

何度かイカされ、最後は気が遠くなった。

「こんなに感度がいい女だったとは……きみの旦那は、あまり感じない女だとボヤいていたが、どこを可愛がっていたのか」

工藤は自分の魅力とテクニックのせいで美穂子をよがり狂わせたのだと思って、誇らしげに言う。

しばらく布団のなかで抱き合っていると、工藤は樹里の予言した言葉を口にした。

「そういえば、今思いだしたのだが、最近の検査で融資部の書類がいくつか行方不明になっていることがわかったのだ。なに、たいした書類じゃないが、みな、きみのご亭主が関係した融資に関するものなんで、それが引っかかっていてね。ひょっとして、ご亭主はそういった書類を家に持って帰らなかっただろうか。自分の家で仕事を片づけようと思う者は多い。急に倒れて、そのままになってるということもあり得ると思ってね」

(きた……やっぱり)

動悸が激しくなった。わざと、まだボーッとしているふうを装い、けだるい声で答えてやった。樹里の指示どおりに。

「その書類かどうかわかりませんけど、主人は確かにそんな書類を持ち帰っていました」

工藤の目がギラリと光った。

「ほう……それはどこにあるのかね？」

「確か、書斎だと思います。応接室と兼用でしたが」

「ああ、玄関を入って左側の……」

工藤は文雄の死後、葬儀の時を含めて数回、司家を訪れている。だから家のなかの間取りはだいたい頭に入っている。

「そうです。机の横に書棚があります。その裏に隠し戸棚があるんです。書棚の本を動かさないとわからないようになっています。その隠し戸棚のなかに大きな紙封筒が幾つか入っています。主人は大事な書類をそれに入れていました。死後、遺産の処分の時に書棚を調べたのですが、封筒のなかは仕事関係のものばかりで、我が家に関したものはありませんでした。今でもそのままになっています。私もすっかり忘れていました。明日にでもお持ちします」

工藤は手を振ってみせた。

「なに、いいんだ。そんなに大事なものではない。どこにあるかわかってさえいればいいんだ。そのうち誰かを受けとりに行かせよう。その書類のことは忘れていい。それよりもぼくはまだ満足させてもらっていないんだ。つづきを楽しもうじゃないか」

「あ、ごめんなさい。私だけ一人でイッてしまって……申しわけありません」

「それはいいんだ。この年になると遅漏気味でね。自分がイカないかわりに女性を悦ばせるのに熱心になる」

「そんなことをおっしゃらずに、どうぞ私の体で楽しんでください。なんでも言われたとおりにいたします」

「そうかい、だったら……」

工藤は熟女未亡人の豊かな臀部の割れ目に手を伸ばした。

「ここで楽しませてもらいたいのだが……」

美穂子は目を丸くした。

「アヌスですか？」

「そうだ。いやかな？」

「いいえ。実は……私も好きなのです。一人で刺激して楽しんでいたのですが、まだ男性を受け入れたことはありません」

その言葉に嘘はない。彼女のアヌスを犯したのは、樹里のペニスバンドだけだ。

「ほう、そいつは嬉しい。では私が一番槍の名誉をになわせてもらおうか。それでは風呂の仕度をしてもらおうか」

「わかりました」

美穂子が浴室へ行き湯を満たしている間に、工藤は電話をかけたようだ。仕度ができたと告げに戻る時、受話器を置いたところだったから。

浴室で、工藤は美穂子のアヌスに石鹸の泡をなすりつけ丁寧に直腸まで指を入れて洗い清めてやった。寝室に戻ると全裸の彼女をうつ伏せにして臀部を持ちあげさせ、アヌスに接吻を浴びせた。舌を差しこまれる強烈なアニリングスに美穂子はたちまち乱れ狂った。

工藤は、美穂子が自分の巨根をわりあいたやすく受け入れたのに驚いた。

美穂子が解放されたのは真夜中だった。工藤が呼んだハイヤーに乗せられて夢見山へ向かう途中、美穂子は熟睡してしまった。

「お客さん。起きてください。様子が変です」

運転手に起こされた時、田園町の我が家のすぐ近くだった。

「えっ、どうかしたんですか？」

「パトカーが二台、消防車が一台、お宅の前に停まっていますよ。火事か何かあったのでは……」

驚いた美穂子が門に駆けつけると、警官が立ちはだかった。家のなかでは何人もの人間が動きまわっている。

「待ってください。現場検証中です。お宅の方ですか？」

「そうです。私の家なんです。何があったのですか？」

「ボヤです。その玄関の左の部屋から……」

「ボヤ？　あそこに火の気はないはずです」

「放火らしいんです。泥棒が入っているらしいと通報がありまして、パトカーが駆けつけたところ、ちょうど燃えはじめたところで、パトカーの消火器で消し止めたのです。本が少し焼けただけです」

「家には息子がいます。大丈夫なんですか」

「大丈夫です。眠っていましたが、煙で目が覚めて窓から庭へ脱出しました」

「よかった……」

美穂子はヘタヘタと地面に膝をついた。刑事らしい男が近づいてきた。

「司さんの奥さんですか」

「そうです」

「実は、現場から逃走する怪しい車を別のパトカーが発見して、追跡して捕まえたんです。乗っていた人物が放火犯のようですね。灯油の入った缶などを積んでいましたが。運転していたのは女なんですが、黙秘しています。もしかしてご存じの人物かと思いまして、顔を見てもらえませんか」

警官が二人、前手錠をかけた女を引きずるように連れてきた。黒いTシャツにジーンズ、スニーカーという格好。美人だが顔に険がある。悔しそうな顔をしている。

「あなたなの」

美穂子の目が丸くなり、次に細まった。

「久しぶりね、奥さん」

不敵な笑いを見せたのは、亜梨紗という女装強姦魔だった。

「なんか、罠にかけられたみたいねぇ。隠し戸棚なんかいくら探しても見つからない。面倒だから火をつけてみんな燃やしちゃおうと思ったのだけど」

「……………!」

ものも言わずに美穂子は亜梨紗の股間を蹴りあげた。

「ギャー！」

不意をつかれた亜梨紗はハイヒールを履いた美穂子の足にモロに蹴りあげられて、地面にぶっ倒れて悶絶した。

「何をするんです。この女に」

後ろから刑事に羽交い締めにされた美穂子は、薄笑いを浮かべ、苦しみもがいている女を見おろした。

「何が女なもんですか。ほら、こいつの股を見てごらんなさい。女にはないものがありますから……」

警官がパトカーのなかで亜梨紗のジーンズを脱がせ、その言葉が正しいことを認めた。


翌日、十国銀行の本店は騒然となった。

マスコミが殺到したからだ。

有力な政治家数人に闇献金がなされていた事実が判明したという。

次期頭取を目指す常務が、銀行内部の不祥事を隠蔽するため、関係のある議員に数千万円ずつを贈与したのだ。

ところが、内部通報があって、さらに衝撃的な事実が明るみに出た。

二年前に急死した司文雄という行員が、オンライン送金システムを悪用して数億円という金を引きだして着服した。この金の一部は自宅の購入に使われたらしいが、残りがどうなったかは不明だった。銀行上層部はこの事実をひた隠しにした。

調べてゆくうち、文雄がカジノバーに出入りして、暴力団に多額の借金を背負っていた事実が判明した。彼は脅かされて不正に銀行の金を入手、その金で暴力団員から麻薬を買って転売し、利益をあげていたこともわかった。

少なくとも五億円が麻薬の取引で文雄の手に入った。ところが上司の工藤という融資部長が文雄を恐喝、大部分を自分が得ていた。彼は自分の家族名義で経営している貿易関係の会社の赤字を補塡するため、その金を使い果たしたらしい。

上層部はこのスキャンダルを工藤の家族にも知らせずにひた隠しにした。十国銀行の信用がガタ落ちになるからだ。工藤は常務の懐刀として政界、財界にも人脈があり、闇献金などの秘密も知っていたから、銀行としても彼を解雇できなかったらしい。

ところが、文雄がこの経緯を記した文書を保管しているという情報があり、工藤は知人の夏木隆《なつきたかし》――通称亜梨紗というシーメール男性に依頼して、この文書を自宅から回収させようとした。早く言えば泥棒に入らせたのだ。

ところが亜梨紗は文書を発見できず、次善の策として自宅ごと焼き払おうとした。それが失敗して逮捕され、工藤の命令だと自白したことから、十国銀行のスキャンダルが明るみに出た。

この不祥事をきっかけに、多額の不良債権を抱える十国銀行を上位二行が吸収合併するという計画が進行し、半年後に十国銀行の名は消えた――。

工藤は馘首《かくしゅ》された上、背任罪、業務上横領罪で告発され、獄へ送られた。

第十章　奇形の被虐願望

――騒ぎが大きくなり美穂子は仕事どころではなく、補助行員も解雇という形になった。

何がなんだかわからないまま自宅にいると、数日してひょっこり樹里が司家を訪ねた。彼女もまた、スキャンダル発覚以後、姿をくらましていたのだ。

事態の急転に混乱している美穂子に、樹里は一部始終を説明した。

「今度のスキャンダルは、私がマスコミに情報提供していたから暴露されたの」

樹里がそう言ったので、美穂子は唖然としてしまった。彼女は十国銀行内でも前途洋々たるエリート中のエリート行員だったのだ。樹里は肩をすくめた。

「私が十国銀行に入ったのはね、復讐なの。話せば長いことなんだけど……」

――古矢姓だが、樹里の旧姓は森田《もりた》。F県ときわ市の生まれだ。家は駅前の一等地で洋品店をやっていた。

その隣にあった地元の百貨店が森田洋品店の土地を欲しがったが、樹里の父は頑固に土地を売るのを拒んだ。そこに取引のあった十国銀行の若い融資係が提案してきた。銀行から金を借りて自分の敷地に新しいビルを建てる。そこを別館の形にして百貨店がテナントとして入る。森田洋品店はテナント料で銀行への借金をかえせる。三者ともに損はない。

説得されて樹里の父はテナントビルを建てた。約束どおりに百貨店がテナントに入った。すべてうまくいったのは最初の一カ月だけだった。百貨店は契約上の些細な欠陥や設備の瑕疵を理由に家主へテナント料の支払いを拒否した。そのテナント料が建築費の返済にあてられることになっていたから、たちまち樹里の父は窮地に追い詰められた。係争が決着するまでの資金融資は、担当の融資係が冷たくはねつけた。銀行が訴えてビルは差し押さえられた。こうなっては第三者へ貸すこともできない。家主である森田洋品店は倒産。十国銀行ときわ支店はすぐにこの担保物件を売却して債権を回収にかかった。つまりテナントであった百貨店に売却したのだ。きっかり融資額と見合うだけの金額で。

「やられた。銀行は百貨店とグルでおれの土地を奪うつもりだったんだ。あの融資係が仕組んだんだな」

百貨店からその融資係に多額の報酬が払われたのは明白だった。百貨店は労せずに欲しかった土地を手に入れることができたのだから。

融資係は間もなく東京の本店へと栄転になった——。

「それが……工藤部長だったの？」

美穂子の声は震えていた。樹里は無言でうなずいた。

「父は絶望して自殺。母は精神を病んで、間もなく精神病院で病死したわ。私はまだ五歳だったけれど、東京の叔母に引きとられて養子になり、それで名前が変わったわけ」

叔母は未婚だった。レズビアンだったのだ。彼女に育てられた樹里は、性的に発育する前から女同士の性愛を教えこまれてレズビアンになった。

養女が成長すると、叔母は両親の死の原因を教えた。

衝撃を受けた樹里は、自分でときわ市まで行き、関係者から事情を聞き、その事実を確認した。

「父と母を殺したのは、その融資係と十国銀行。私は復讐を誓って十国銀行に入ったの」

大学時代、家が貧しかった樹里は金持ちのレズビアンが集まる専門のクラブでアルバイトをしていた。いわばレズ専用のホステスである。そこの常連で財務省高官の夫人と知己になった。

夫人はレズ人脈というものを政財界に張りめぐらしていた。彼女が十国銀行に入りたいと言うと、一カ月、自分と暮らしてくれたら希望をかなえてやると言われた。

樹里は取引に応じ、まんまと仇敵の巣である十国銀行に入行することができた。

「仲介してくれた夫人はね、強度のマゾだったの。私のような若いレズ娘に責められることで悦ぶタイプ。私は毎日、鞭で彼女を悦ばせてやった……」

工藤の部下になるように計らってくれたのも、その夫人だった。レズ人脈は男性優位の社会を破壊するための秘密結社として機能しているのだ。工藤は最後の最後まで樹里の正体に気がつかなかった。

「私は彼の行動を監視して、秘密を探っていった。その時に役に立ったのが、『ラ・コスト』のオーナーよ。そう、竜野槇夫。彼もいろんな人脈に通じていて、すごいＳＭマニアなの。私もＳＭは嫌いじゃないから、お互い便宜をはかってあげてるうちに仲良くなった。その彼が、工藤の部下だったあなたのご主人の悪行を小耳に挟んだの。ごめんなさい、事実だから……それがきっかけで大きな悪事がボロボロわかってきたの」

「でも、工藤部長や常務たちの秘密を、どうして探りあてられたの？」

「簡単よ。連中も社内メールで連絡をとり合ってたから、それを傍受してたの」

「でもメールなんて、ＩＤとパスワードがわからない限り、傍受できないでしょう」

「できるのよ。ネットワークの保守を担当しているのがやっぱりレズの技術者。彼女に頼んで常務たちの端末からの情報が私の端末に入るよう操作してもらったの。ＩＤとパスワードの信号も入ってくるから、それを分析してもらって、割りだしたわけ」

「そんなことができるの？」

美穂子はあっけにとられてしまった。

問題は、どういうキッカケで彼らの積み重ねた悪事を社会にばらすかだった。権力を持っているから、ヘタに動けば樹里が抹殺されかねない。

「そこで、あなたにひと役買ってもらうことにしたわけ。というのは、工藤や常務たちはあなたのご主人が悪事の記録を残しているんじゃないかって、すごく気にしてたのよ。だから亜梨紗を使って、あなたを強姦させて、家まで行ってなかを調べさせたりした」

「えーっ、あれは、私の家を調べるためだったの？」

「そうよ。あなたは亜梨紗に責められて失神したりしてたわけでしょう？　縛られて身動きできない状態で放置もされたんじゃない？」

「そういえばそうね」

「その間に家じゅうさがしまわって、何も見つからない。見つからないってことはかえって不安なわけ。あなたを補助行員にしたのも、傍においで監視するためよ」

「ひどい……」

美穂子は腹を立てた。最初はそんな工藤に対して感謝の念さえ抱いたのだ。

「いよいよデータが揃ったから、今度はこっちから情報を流したの。マーキーに頼んで、警察と検察が動きはじめた。どうやら司文雄の文書が家にあることがわかったらしい。それが手に入ったら十国銀行は吸収合併だって……」

　仰天した常務たちは工藤に、その文書の回収を指示した。そうすれば工藤が美穂子から直接聞きだそうとするに違いない。

「彼のことだから、また亜梨紗に命じてあなたの家の鍵の複製を作って持っていたの。亜梨紗はあなたの家の鍵の複製を作って持っていたから、自由にいつでも入れる。彼は工藤の指示を受けると、すぐに夢見山に直行、優くんが眠るのを待って忍びこんだ。そこを逮捕させるのが私の作戦だった」

「亜梨紗はヤケになって家に火をつけたのよ。優が死ぬかもしれなかったのよ」

　美穂子が怒りの表情を見せると、樹里は素直に詫びた。

「ごめんなさい。警察が駆けつけるのが遅くて……でも私や協力者が見張っていたから最悪の事態は避けられたと思うの」

「じゃあ、あの夜、あなたもここにいたの？」

「そう。工藤が常務に連絡し、常務が亜梨紗に命じることがわかってたから。ついでに言えば、常務はマゾなの。しかもシーメールが好きなマゾ。亜梨紗がＳＭクラブ時代に通いつめて仲良くなったのね」

「それじゃあ、樹里さんが私に接近したのも?……」

「ハッキリ言うと、復讐のための道具。それは否定しません。でも、私のものになってからは愛情を抱いたわ。これは嘘じゃない」

「でも、最後まで道具だったわね。奴隷になると誓ったから道具として使われても仕方ないけど、悲しいわ。それともお役に立てて嬉しいと言うべきかしら……」

美穂子の頬を涙が伝った。樹里はその涙を唇で吸った。

「本当に悪かったわ。だからなんでもする。私は復讐が終わったから十国銀行は辞めて、ほとぼりが冷めるまでアメリカへ行くことになったけど、その前に、どんな要望でもきくわ」

「どんな要望でも?」

美穂子は少し考えて、要望を口にした。


優は早くに帰宅した。

この前の火事騒ぎで二階から飛びおりた時、以前傷めた膝の靭帯がまたダメージを受けてしまった。杖をつくほどではないが、サッカー部の練習は禁止された。部長は暗に転部をすすめている。

食卓に母親のメモがあった。

『ちょっと出かけてきます。帰りは七時頃。夕食は少し遅くなるけど、それまでは冷蔵庫のサンドイッチを食べて待っててください。ママ』

(ふーん、ママは出かけたのか)

時計を見る。母親が帰ってくるまで四時間以上ある。

(チャンスだ)

血が騒ぎ、股間が熱くなった。

火事騒ぎのあとから十国銀行のスキャンダルが拡大して、母親は勤めを辞めた。

彼の父が、そのスキャンダルの発端だったと知っても、優はさほど驚かなかった。

(おやじらしいや。自分勝手で……)

十国銀行に多大な損害を与えていたと知って、美穂子は「この家も明け渡さないといけないかしら」と心配そうであった。優はそれでもかまわないと思っている。どうも田園町の家などというのは身分相応ではない気がする。

しかし、あの捕らえどころのなかった父親が、麻薬取引まで手を出していた悪人だと知って、かえって痛快に思うところが優にはあった。もちろんスキャンダル発覚にいたるまで、母親がどんな役目を果たしたのか、優には知るよしもない。

ただ、美穂子が家にいるということは、優にとって少し具合が悪い。

一度、母親のスリップを身に着けてみて、あの懐かしい感触に痺れ、昂奮してしまった優は、一種の中毒症状に陥った。

スリップなど女性のランジェリーを着けていないと落ちつかないのだ。

だが、美穂子が四六時中、家にいては、下着の引き出しを探るわけにはいかない。

だからこの二週間ほど、まったくスリップやパンティに近づく機会がなく、苛々していた。

母親の外出は絶好のチャンスだった。

久しぶりに下着の引き出しを開けて、優は少し驚いた。

ランジェリー類の底に隠してあった雑誌が増えている。

（えーっ、誰かから貰ってくるのかな。それとも……）

最近はデートもしていないというのに。

新しい雑誌は『別冊SMプレディター——牝犬邪淫調書・緊縛編』というタイトルだった。

つい最近発売になった号だ。

その雑誌とともに、スリップとパンティを取りだし、ふとその気になってガーターベルトとストッキングも選びだした。

（まだ一度も着けてみたことがないけど、どんなふうになるだろう？）

パールピンクの上品なミニスリップと、黒いレース主体のブラ、パンティ、ガーターベルト、それに肌色のストッキングという組み合わせだ。
自分の部屋に戻り、まず全裸になってパンティに脚を通す。

ハイレグのスキャンティは意外と穿きこみが深いから、ビキニタイプのショーツよりも男性器官をよく覆う。勃起しても上がはみでるということがない。

パンティぐらいだとこっそり自分で洗えるので、優はよく穿いたまま射精する。そのためにもこういうスキャンティは都合がよかった。

次にブラジャーを着けてみた。乳房がないから今まで着けたことはなかったのだが、何か詰め物をすればいいのだと気がついたのだ。

母親は乳房が大きいからブラジャーはきつくないだろうと思ったが、案に相違して、かなりきつい。初めてカップの大きさとアンダーバストのサイズは関係がないのだとわかった。それでもブラジャーのホックをようやくかけて、カップのなかにはティッシュペーパーを丸めて押しこんだ。フルカップなので、ちょっと見た目には詰め物だとわからない。

それからガーターベルトを着けた。優の腰は細いのでホックは一番外側ので楽にかかった。

ベージュ色のナイロンストッキングを丸めて、脛から膝、腿へと伸ばしてあげてゆく。脛毛がほとんどないから、ストッキングを履いただけでもう女性の脚になってしまった。

（うーん、快感！）

スリップを着ける前から優はゾクゾクするような変身の昂奮を味わっていた。すでにペニスは怒張して先端から透明な液が滲みでてスキャンティの前面にシミを広げはじめている。

(ママはこういう素敵なものを身に着けて生活できるのか。女性に生まれたほうが良かったかな)

しかし、女体に深く突き入れて射精する快感は男ならではのものだ。

(男でも女でも、両方楽しめる生き方ってないだろうか)

そんなことを考えながらナイロンのミニスリップを頭からかぶる。

今日はブラジャーをしただけあって、胸の部分がぴったりと肌に密着する。改めてスリップが女体の微妙なカーブに合わせて裁断された下着だということを実感する。

(こうなると、本当のおっぱいが欲しい)

ますますそんなふうに思う十六歳の少年。

鏡に自分の下着女装姿を映してみて、優は昂る。

すぐに放出したい欲望を抑えてベッドに横たわり、持ち出してきた雑誌を広げた。

母親と同じ世代の女性モデルが多い。

優はたちまちのうちに見惚れてしまった。

なかでも気にいったのが、『シーメール女王に調教される美人未亡人』という数ページにわたる巻頭カラーグラビアだった。

編集長が書いたという文章が最初に載せられていた。

『編集部に、人を介して、本誌のグラビアに登場させて欲しいという未亡人が現われた。悦子さん（仮名）は年齢は三十六歳。息子さんが一人いるという。実年齢よりずっと若く見える、上品な雰囲気を湛えた美しい人だ。正直言って、どうしてSM雑誌のモデルに志願するのかと思うような方である。

悦子さんの告白によれば、人妻時代、あるシーメールにレイプされたのがきっかけで、責められる女の歓びに目覚めたらしい。それ以来、ペニスのある美しい女性に犯されるのが夢だという。そこで編集部では美しいシーメールの女王さまを探した。

名乗りでてくれたのは、某SMクラブに所属しているマリさん。実は高級会員制のクラブでマリと百合のコンビでSMショーに出演、ハードな責めっぷりを見せることで有名なシーメール女王さまだ。

撮影にあたっての注文は、目隠しして顔がわからないように、というものだけ。あとはすべてマリさんに任せた。

マリさんも「私が責めたなかでも、最もマゾ性に富んだ人です」と驚くほどで、プレイ中に何度もオルガスムスに達して、Gスポット射精で失神してしまった。

撮影後、悦子さんは「アナル凌辱が一番感じました。またモデルをさせてください」と語ってくれた。読者も期待して欲しい……』

編集長が絶賛するとおりだった。

豊かな乳房、ヒップ、白いなめらかな肌、すんなりした肢体。目隠しされていてもわかる美しい端正な容貌。雑誌のなかで登場しているモデルのなかでは抜群に魅力的だ。

その熟女が赤いガーターベルトに黒いストッキングという姿で、さまざまに縛られ、天井から逆さ吊りにされたりしている。その裸身にハードな鞭が飛び、悲鳴と絶叫が聞こえてきそうだ。

(すごい……それにママにそっくりじゃないか。世のなかには似た人もいるんだ)

優は完全に、悦子なる未亡人に母親の像をダブらせてしまった。

それを見ながら下着女装の姿ではげしくオナニーすると、自分が写真のなかのマリというシーメールになって実の母を犯しているような錯覚に陥る。

「ああっ、あっ……」

修正はされているが、明らかに巨根だとわかる器官でアヌスを貫かれる未亡人の悶える裸身。そのページを眺めながら優はイッた。呻きながら、白濁の精を天井近くまで噴きあげた。

「ああっ、ママ！……」

思わずそう叫んで。


美穂子は予定より早く帰宅した。

買い物をしているうちに、軽い眩暈を覚えたからだ。

(睡眠不足のせいね。夜、オナニーのしすぎだわ)

昨夜も、自分がシーメールのマリに責められるグラビア写真を見ながら夜更けまでバイブレーターを使った。大きいのを前に、小さいのを後ろに。シーツには大きなシミができた。

最近はイク時、必ず大量の液をほとばしらせる。それは撮影の時もそうで、立ち会った樹里も驚いていた。

「私の調教が実を結んだわね」

最後はそう言って喜んでくれた。樹里は数日前、渡米した。

(あの人とも、当分会えない……)

帰りの電車のなかで美穂子は寂しかった。

誰が見るかもわからないSM雑誌のモデルを頻繁につとめるわけにはゆかない。いくら目隠しをしていても、正体を見破られる可能性は大きいからだ。

自分のここまで強くなった被虐願望を満たしてくれるパートナーを見つけるのは難しい。彼女は男性よりも女性が、女性よりもシーメールがいいのだから余計見つけにくいだろう。

家に帰り着いたのは五時すぎ。玄関には優のスニーカーがあった。

「優くん、ただいま」

階段から二階に呼びかけたが応答がない。

(いるのかしら?)

ふと気になって階段を上っていった。

「優くん……」

暑いので風が通るようにドアは開け放たれていた。だから意図せずに息子の部屋のなかを覗きこんでしまった。

「えッ」

一瞬、自分が間違えて、他人の家に入ったのではないかと疑った。美しい娘——女子高生ぐらいの年齢——がベッドに横たわって、安らかに眠っていたからだ。

パールピンクのミニスリップを着て、ストッキングは履いたまま。

(どうして優の部屋に女の子が? まさか優のガールフレンド?)

しかし、それだったら玄関に少女の靴があったはずだ。

そう思いあたって、まじまじと少女を観察した美穂子は、頭を殴られたようなショックを受けた。

(優……、この女の子は優……！)

一人息子が女の下着を着て眠っているのだ。

よく見ればミニスリップは自分のものだ。

「うーん……」

母親に見られているとも知らず、優は寝返りを打った。ミニスリップの裾がめくれて白い肌が見えた。赤いガーターベルトのサスペンダー。

(私のだわ。私の下着……)

美穂子は凍りついた。自分がマリに責められ犯されているグラビア写真が掲載されているSM雑誌。それが枕もとの床に落ちている。

目の前が真っ暗になるような、息がとまるような衝撃。

(私のあの写真を見られてしまった……)

それにしてはなんと安らかな寝顔だろう。夢を見ているのか微笑さえ浮かべて。

(きれいだ。女の子に生まれればよかったのかも……)

美穂子は化粧もしていないのに少女に見えてしまう優の美貌を、その時、自慢に思った。

同時に、自分が激しく昂奮していることも。

(どうしたらいいの？　見なかったことに？)

それが一番いいのかもしれない。

しばらく迷ってから、美しい母親は息子の肩を揺すった。

「優くん、起きて」

優はうっすらと目を開け、母親を認めて跳びあがった。

「ママ！」

下着姿の自分に気がついてハッと体を起こして布団にくるまる。

「遅くなるはずじゃ……」

「気分が悪かったから、早めに帰ったの」

それから安心させる笑みを浮かべた。

「ママの下着ね。よく似合うわ。女の子が眠っているのかって錯覚したわ」

「えーっ、ママ、怒らないの」

「どうして？」

「だって、ママの下着をこっそり着て。ぼく、男の子なのに」

「いいじゃないの。女の下着を男の子が着けたって。筋肉もりもり毛むくじゃらの男だったらグロテスクだけど、優は体つきも顔も女の子みたいだから……」

それから鼻をクンクンいわせた。栗の花の、あの悩ましい匂い。

「優もオナニーするのね？　今もしたの？　何回？」

「えーっ……うーん、今日は昂奮したから三回。だから疲れちゃって……」

「三回も⁉」

美穂子は驚いてみせた。

「だって、ママの下着の下にこの雑誌があったから……」

「きみはママの秘密をすっかり知ってしまったのね」

ドキドキしながら母親は聞いた。

「こういう写真見て、優はどう思う？　変態でしょ？」

優はちょっと困った顔をした。

「そうだけど……とっても魅力的だよ、ぼくには。見たとたん、背骨がズキンというぐらい昂奮してしまう。ぼくもこうやって女の人を……」

そこまで言って声を呑んだ。

「責めてみたいの？　じゃあ優はサディストなんだ。ふーん」

ベッドの縁に美穂子は座った。自分の写真が載っている雑誌を手にとりパラパラとめくってみる。今度は優が質問した。

「ママは好きなの？　こういうこと？　どうして持ってるの？」

ここまできて美穂子は気がついた。自分の息子がグラビアに載っている母親の裸像に気づいていないことを。当然だ。メイクした上に目隠しをしている。その上、優はまさか母親がそういう雑誌に出演するような女だとは夢にも思っていない。

安堵して母親は答えた。

「つき合った人がね、こういうの好きだったの。だから教えられて……この雑誌もその人がくれたの」

「じゃあ……」

優の声がかすれた。

「こういうこと、されたの？」

「うん。恥ずかしいけど、少し……」

「どうだった？」

「うん、優に言っていいものかどうかわからないけど、ママ、とても嬉しかった。縛られて好きな人に好きなようにされるってことが。それがマゾヒズムというんだけど」

「ふーん。で、その人と結婚するの？」

ズバリと聞いてきた。優は優なりに憶測を逞しくしていたのだ。

「いいえ。その人は事情があってアメリカに行ってしまったの。だからもう会えない」

寂しそうな顔。優は胸を打たれた。

「そうかぁ……」

その時、母と子の間に同時にある考えがひらめいた。目と目を合わせたとたん、同じ考えを相手が抱いたことに気がついた。

「ねえ、優くん」

美穂子の声は柔らかく官能的だ。

「何？」

「ママを縛ってくれない？」

少年の顔が輝いた。

「えっ、いいの？　ぼく、今、縛りたいなと思っていたんだ」

「でも、縛るだけ。わかるでしょう？」

「うん……」

「その格好でいて。私、優が女の子の格好をしているほうが安心だから。そうだ」

美穂子は息子を自分の寝室に連れていった。ドレッサーの前に座らせて、ファンデーションから本格的な化粧をほどこしてやった。

ブラジャーはもっとサイズの合う赤いのを見つけてティッシュペーパーではなく、パンストを丸めて詰めた。スキャンティもそれと合うデザインのを穿かせ、スリップではなくキャミソールを着せた。

美穂子は激しく欲情している自分に気がついた。優は完璧に少女に変身した自分の姿をしばらく陶然として眺めていたが、母親に向いて聞いた。

「ママはどういう格好で？」

「そうねぇ。優くんはどういうのが好き？」

「こういうのかなぁ」

『シーメール未亡人調教』の、他ならぬ自分の母親の下着姿を示して言う。

「でも、パンティは穿かせてね」

「うん」

美穂子は下着女装した息子の前で服を脱いだ。白いパンティの底が濡れてシミになっているのを優はハッキリ見た。強い女の匂いが立ちのぼった。

「恥ずかしい」

そう言いながら息子の前で全裸になり、改めて赤いスキャンティ、ガーターベルト、それに肌色のストッキングを穿いた。

「素敵だ、ママ」

「縄はそこにあるわ。自分で縛ったりしてみたの」

別の引き出しを示してみせた。そこには樹里が別れに際してくれた、犬の首輪、手錠、バイブレーターの数々、浣腸器も入っている。優はびっくりした様子だ。

「ママ、こういうもの、みんな使われたの？　その人に」

「ええ」

「妬けるなぁ。ぼくのママを好きにして」

優は縄を母親にかけはじめた。美穂子が指示して、乳房を絞りだす後ろ手縛りだ。

「ああ……」

きつく柔肌に食いこむ感触に美穂子は酔った。

「ママ、素敵だ」

優は呻き、縛りあげた母親を抱いて乳房を揉んだ。甘い呻き。

「ママ……」

優はその呻きの出所に唇を押しつけた。母親の甘い唾液を吸った。

（この子、どこまで抑制できるかしら？）

美穂子は危ぶんだ。もう逃げられない。優がその気になれば犯せるのだ。

（でも、いいじゃないの。母と息子が愛し合うだけなんだから）

ふいに開きなおる余裕が出てきた。

美しい、娘と見まがう少年に願った。

「優ちゃん、ママを好きにして……」

優は立ちあがり、引き出しのなかから房鞭を取りあげた。

スキャンティが引き毟られて床に落ちた。大輪の花の花弁のように。

この作品は一九九五年四月フランス書院文庫に所収された
『黒い下着の銀行員　淫鬼の調教計画』を改題したものです。

GENTOSHA
OUTLAW
BUNKO

地味《じみ》な未亡人《みぼうじん》

館淳一《たてじゅんいち》

平成23年6月10日　初版発行

発行人――石原正康
編集人――永島賞二
発行所――株式会社幻冬舎
〒151-0051東京都渋谷区千駄ヶ谷4-9-7
電話　03(5411)6222(営業)
　　　03(5411)6211(編集)
　　振替00120-8-767643
印刷・製本―図書印刷株式会社
装丁者――高橋雅之

幻冬舎アウトロー文庫

ISBN978-4-344-41698-7　C0193　　O-44-15